寒鸦归林

夜晚仿佛是归家的一种信号，向着光亮的地方。

倾倒的世界

你站立的姿态，决定你看世界的角度。

孤岛囚笼

当你走不出自己设定的牢笼，
连风都感受不到自由。

爱的牵引

周围的一切，爱意在流转，你接收到就是天堂。

骑行也是掌控

生活要学会平衡，

人生要学会掌控。

荆棘之上自渡

生命不是旷野，每个人都是自己的摆渡人。

生命如烟花绽放

万物有时，只要相信，总会绽放。

林冬◎著

THE BOY
FISHING FOR
FROGS

少年蛤蟆的钓

人民邮电出版社

北京

图书在版编目（CIP）数据

钓蛤蟆的少年 / 林冬著. -- 北京 ： 人民邮电出版社, 2025. -- ISBN 978-7-115-66123-4

Ⅰ. I247.5

中国国家版本馆 CIP 数据核字第 2024CA2876 号

◆ 著　　　　林　冬
　　责任编辑　朱　敬
　　责任印制　周昇亮
◆ 人民邮电出版社出版发行　　　北京市丰台区成寿寺路 11 号
　　邮编　100164　　电子邮件　315@ptpress.com.cn
　　网址　https://www.ptpress.com.cn
　　北京捷迅佳彩印刷有限公司印刷
◆ 开本：787×1092　1/32　　　　彩插：4
　　印张：7　　　　　　　　　　2025 年 2 月第 1 版
　　字数：75 千字　　　　　　　2025 年 7 月北京第 2 次印刷

定价：49.80 元

读者服务热线：**(010)81055296**　印装质量热线：**(010)81055316**
反盗版热线：**(010)81055315**

目录

楔子：锈蚀的夏天

　　十一想去死。他言之凿凿地对我讲。不过是去年的夏天，在陌生的城市，去一所陌生的医院路上，我们各自的时间都很合适，他们学校放假，我也拥有短暂的假期。在那条拥挤的柏油路上，他轻而易举地说出这几个字，轻飘飘的，不需要用太大的力气，就和刺鼻的沥青味一起沉入冗长的夏日里，似乎那是早就决定好的事情。我诧异于他的冷漠，但也仅此而已，其实我们当时也并不太熟悉。

　　十一想去死，想在 18 岁时离开。他觉得自己已经承担了太多，如同一只落入陷阱的幼兽，挣扎无用，求生无望。死亡是虚幻的面纱，能为他遮住人间的虚伪、平庸。所以，成年人的世界他不愿继续参与。

他听不进我的话，我也不打算去劝他。

柏油路即将被日光融化，在那样的长路上，他想去死，而在那样的长路上，我想去淋一场雨。

窗外阴沉，屋里烦闷。人被困在房间的一隅，整个城市却和地球一起，被一股巨大的引力牵引着，正孤独地驶向准备吞噬孤独的遥远黑洞。树的根，冲向地心，树冠却攀爬上了高空，鸽子落在树枝间，遇见簌簌的风，恍若在某个夜晚似曾相识。人不只被禁锢在钢筋水泥里、被限制于烈日下和潮湿的季节中、在满是欲望与失望的城市间深陷泥淖，他们还在挣扎，在沉闷的土地上生根，发出绿芽。

阴干的泥土如收紧的低垂眼角，稍一用力，便会如泥塑般龟裂开来。一瞬间，过往晦暗不明地穿身而过，那些痛苦的回忆堆叠在心中似已枯竭的土地，正要堕入无间地狱，哪里能生出藤蔓？盘根错节，用脆弱的触角，轻轻勾连起一个人沉重的生命，然后以之为养料，在铁制的围栏上养育出淡色的花。接着枯萎，遗落一颗种子。

我想去淋一场雨，头脑正褪去清明，装着不存在的过去和未来，浑浑噩噩跌跌撞撞，人生至此扑面而至，浅薄得一目了然，如夏日从槐叶上垂丝而落的虫，谁的轨迹可以不被暗中窥视？在不间断的偶然中安然落地？

雨什么时候来？我沿着不知名的路，不知名的树，潦草的街道走着，想走到一个要下雨的地方，我不知道雨能给我什么，我期待着雨能给我些什么——能洗刷一个人身上不知何时被加身的沉甸甸的负担与疲惫吗？

雨下在哪里？要走到什么时候才能相遇？起先我只

想沿着一条熟悉的老路去找寻，这样我不必担心时间，不必踏足未知，可我的双腿却有它自己的打算，它径直走到通惠河。下午5点钟，桥上的栏杆被晒得发烫，河水到了桥边开始变得湍急，三五只燕子在水面盘桓，麻雀则落在岸边的斜坡上，路边的建筑倒映在河面上，明晃晃的，灯影流动，像往生到了另一个醉生梦死的世界。

这一刻我恍若置身迷境，周围的人和事物都变得虚幻起来，存在又不存在一样。我忽然不是谁的儿子，不是谁的丈夫，不是谁的学生，不是谁的员工，只是刚从云端落下的一只灰喜鹊，叽叽喳喳聒噪几声。我只好继续走下去，看着世界在微澜中一圈一圈融化又汇聚，像是每一次心脏的跳动，我的身体变得越来越轻松，那是有别于人类社会的一种真实且奇特的体验。

我是谁？我是我，树是树，脚下是缺角的坚硬的石头，身旁是大河流水，生生不息。

谁都知道，人是非死不可的，但在那之前，我们该怎样活着？如果感到饥饿，就在土地上播下种子；如果无知，便去真理中寻找答案；如果居无定所，就将自己置身星空之下。谁又不是借居在一处命运的角落？如果痛苦、怨恨、踌躇、绝望，不妨去寻找一场雨，并请为此重新启程。

一封给陌生女人的去信

嘉树：

你好，距离我们上次见面已经过去十多天，那天我带着花，还有 10 本没有拆封的诗集，妻子帮我把它们装进挎包，我拿好两张粉红色的 A4 纸张，两支签字笔，在一张纸上写着"买诗集　送玫瑰"，我本想买上一把雏菊，把这些花夹在诗集的扉页，那是美丽的注脚，但它们一点不符合我对春天的印象。

关于春天最美好的印象仔细想来似乎总在我的记忆中：湖水、波光粼粼。我喜欢水，水去临摹万物，然后勾勒出他们的痕迹：刻板的山，崎岖的路，漫漫的人生。

想起风，不再那么寒冷，尚没有那么燥热，轻轻拨弄心弦，吹动谁的头发，草籽在风中发芽。想起老家的一头牛，正温和地望着我，我也望着它。

也许还有很多，但此刻却再也说不出了，你说怪不怪，你的春天呢？也许我并不能收到你的回答，但请仍允许我虔诚发问。

我把那张写着"买诗集　送玫瑰"的纸放进包里，我没写"没遇见你之前　所有的春天都是荒芜"，没有写"好在，我们奔赴的是一个春天"，我已经不会写诗了。我在春天的城市中，患上了鼻炎，再看见飞鸟，看见樱花，看见人群簇拥而来的时候，就忍不住热泪盈眶。不是为春天哭泣，而是在为自己流泪。

那天，我戴着口罩，来到公交车站旁的花店，它空间很小，狭长，略微闷热，几束花零星地摆放在其间，一个孩子正坐在花的边缘，写着我们儿时的作业。他看见我过来，大声喊着妈妈，见没有反应，又懒散地穿上拖鞋，几步来到门口。这时他的妈妈回来了，问我要什么。我原本想买些便宜且漂亮的花，我既想节省成本，又不想辜负这本诗集。但除了几朵百合、玫瑰还有向日葵，剩下的矢车菊、洋牡丹都像是已存放了一个隆冬，那些暗哑变质的颜色，是她们生命中不堪回忆的聚合，她们的根已经体会过了凛冬的残酷。

北方的花不应该在冬天开放，那也是花选择在春日绽放的理由。

我最后选择了玫瑰，粉色的、白色的、鲜红的。我更喜欢那几朵粉色的，或者是香槟色，我羡慕一朵花能开得那么漂亮，她不做那么多选择，只是开自己的花，只是让日光、月光，让蜜蜂、蝴蝶为她染上漂亮的颜色。我请店主帮我把每一枝花都用印着英文字母的玻璃纸和灰白条格纹的彩带包裹起来。她把那些花骨朵边缘的叶子撕掉，那些玫瑰就在我面前开放了，不是延时摄影，一张一张、一秒一秒地拍摄，然后生成一段影像，是她挣脱了束缚，在即将凋零的时刻，盛装打扮，去她曾神往了一生的春天，接着，成为春天。

我们很难去理解一个人。更多时候，我们连自己也无法理解，人不像玫瑰一样具象，不能向每一个遇见他的人袒露真心。当花瓣一片片绽放的时候，人的心却一层层套上了枷锁。

没想到下午朝阳书市还有那么多人，没想到你们的摊位在小小的角落，无人问津。但是因为被巨大的帐篷遮住了，反而得了一片阴凉。那是我第一次见你，在一顶小小的两面镂空的帐篷里，你正坐在椅子上吃着午饭。我上午在你们直播间问过，下午还在不在，因为我想在你们的摊位卖书，得到肯定的答复后，我就这么来了。书市里有好多老大爷，大多拉着去菜市场买菜用的推拉车，他们悠闲自得，和这个城市的年轻人不是一个样子。

有一位老大爷两鬓斑白，还抱着自己的孙子，他逡巡了一圈后来到帐篷前，问有没有曾国藩的《识人术》，得到否定答案后，他很遗憾。等他离开后，我们开始闲谈起来。你为我让出了一张椅子，你和同事只好有一个人站着。我把写着字的 A4 纸夹在面前的少儿图书中间，拆开一本书的塑封，把鲜花码在纸的旁边，等着谁来光顾，我们一起聊鲜花、聊图书、聊市场的没落，聊耄耋老人为什么还要去洞察人心。

你说第一次见到作者，和你想象的完全不一样。我暗笑，怎么可能一样呢，当我在生活中无处栖身的时候，我像个懦夫一样虚构出一个世界，我阴郁地藏身其中。你说，不，不完全是这样的。或许是我浑然不知，我依然对美好保留着想象，我依然坚信一切并不会如自己想象的那么糟糕。

我觉得你是随便说说，但你却旁若无人地背诵起了诗集中的一段：

一段路可以回头的理由，

像戈壁的沙子一样多，

但是能走到尽头的理由，一个就够了。

任何人，都能从一个清晨醒来后，

走向自己喜欢的黄昏。

连我自己都忘了的句子，在你的口中一字一字地念了出来。我说，但我们走向的是黄昏。人一到暮年，只剩下遗憾。

你说黄昏也好，黎明也罢，是自己喜欢的，就够了。

好吧，嘉树，我并没被一段文字感动，但却被你感动。有一瞬间我意识到自己并非垂垂朽木，在无病呻吟，我忽然意识到，每个 10 岁、15 岁、20 岁、25 岁的生命，都在体验着属于自己独一无二的人生——

10 岁时成绩差和 15 岁暗恋一个人，20 岁的茫然和 25 岁的踌躇满志，在本质上并没有什么区别，都是每个人在不同时段最铭记于心的片刻。

很高兴认识你。我之前总觉得人这一生短暂，如白驹过隙，倏忽而已。但我不得不承认，我只是在庸常的日子里，去回避美好，回避一切未知，回避一段全新的旅程，回避一场雨在深林的歌，空谷回响，它也在唱给我听。我害怕美好，如果不曾拥有，便不会心生眷恋，便能接受被自己概念化的人生。

我在心里对自己说，你从哪一刻开始重复去生活呢？去缩短时间的广度，你从哪儿拿来一把无形的刀，然后抽刀砍向自己？容我慢慢想吧，我并不总能想通一些事情，但我愿意用现在的时间，在我迷茫的间隙，去思考。

我无法拥有一片瓦尔登湖，无法在一片世外桃源建造一处乐园，可我忽然想起，我曾经也拥有过一片海。那是我刚刚参加完高考，在一个冷库做兼职时发生的事情，我们几个人要去位于海堡的某家超市送几箱雪糕。

　　在货车行驶的盐碱地上，尘土飞扬，下午的日头灼热，手拽着的帽子被风吹得猎猎作响，我却昏昏欲睡。可是，一瞬间，我迷糊的眼睛不自觉地张开了，远远望见天空坠入人间，铺展成一片海，散发着蔚蓝色的柔光，望着我。我突然满心的惭愧，我的衣服上陈列着污渍，正毫无顾忌地展示着我的过去。我躲进工友吐出的烟雾里，周围堆放着杂乱的被盖在棉被里的雪糕，我和它们一样，正缓慢地融化。现在回想起来，我们相视的瞬间，我们彼此拥有。还有什么不满足呢？不知道你会怎么看待这件事情，但日子或许就是由此堆叠，串联成可喜可悲的故事。

摆摊没多久，你们把摊位交给我，对啊，明明是休息日，还要来工作，从早上 6 点开始准备，倒几班地铁，带着一堆器材，把喜欢的书和不喜欢的书都读一遍，等没人的时候，牢骚一会儿，可是很快又被这明媚的春光吸引了。你们去挖掘生活中的宝藏，我坐在黑色的椅子上，等着一个人的到来。我很喜欢和陌生人打交道，这也是我忽然想把一切有保留地告诉你的原因，我们不必提起生活中多样的苦恼，每个人都正被细枝末节的生活纠缠着，不是吗？

　　来的是一位母亲，我们聊法布尔的《昆虫记》；来的是中年发福的男人，我们聊政治和历史，无论拿破仑还是华盛顿，都留下令人惋惜的败笔；也有年轻人来，和我聊起诗歌，我们只聊喜欢的句子，在书的扉页写上突然想到的一句话，然后送出一朵玫瑰。诗歌就是玫瑰，是头上那朵云，是遥远的过去和同样遥远的未来。

一会儿，生意出人意料地好了起来，你们也满载而归，你带了一本全英文的《哈利·波特》，我忽然生出些后悔。因为我在看外国人翻译中国的作品，尤其是李白、杜甫的时候，尽管有些很惊艳，但却总觉得少了母语的韵味，只是自己更不得信达雅的要领，只能望洋兴叹。

　　当我想去探究一处真相的时候，就会尝试去接近它。少年时，总觉得人生苦短，应该做更欢愉的事情——去沿着铁轨闲逛，去尽情地奔跑，去捉蝉。这些都是很幸福的回忆，但也因为年少无知虚度了不少光阴，只是此时便不去苛责 15 岁的自己了，因为他还未经历 30 岁的我所经历的事情。如今人们总幻想能回到过去，只是想让过去弥补现在的失意吧。

　　如果我彼时意识到这点，我就彼时改变，如果我此刻意识到这点，我就在当下努力，当我迫近黄昏时才意识到这点，那我只好一声叹息，然后快马加鞭，为繁复的段落画上最后一个句号。

嘉树，现在想起来那天真的是一个不错的日子，你们帮我吆喝着卖书，不必把书卖出去，卖不出去的唯一问题就是我要把这个沉甸甸的书包背回去，只是让我把书卖干净的豪言壮语打了个折扣，生活的担子可以短暂地抽离，在这短短的几个小时内，我们可以做回自己。

5点的时候，准备收摊了，我跑到帐篷外面，看你们收拾好遗留的垃圾，清算好今天的账目，把装钱的信封藏在书的夹层里，我们是彼此信任的陌生人。一起把帐篷的毡布拉上拉链，把凳子堆在角落，路过道旁的郁金香、翠绿的草坪，这是一种多么久违的生活，只是走上一走，内心就变得充实起来。我们不过是万物中的一种，世界就在此刻滋养着生灵之魂。

那天很快就过去了，在地铁站分别的时候，你说，你会记得这个快乐的下午。

再热闹的世界，人声鼎沸，到最后剩下的也不过只是自己。我想着你，独自一人读着原版的《哈利·波特》，而我望着星空，灰蒙蒙一片，你是否能仍像陌生人一样，因为我们某一瞬间建立的友谊，用另外一个下午的时间，啜饮杯中的甜酒，在微微的迷醉中，如蝴蝶入梦般随我而来，我将带你去往一个夏天，在这个夏天里，我遇见一个少年，在这个夏天里，藏着我写不出诗的答案。

耳机里传来一首 *Zoom Out*（鸟瞰），很贴合我此时的心境，你也可以找来听听。我想向你谈起这件事，并不是想从中收获什么，人的一生中，失去的往往大于收获的，我只想，那些闪着黑暗或者希望的光点，你也能看得见。这件事也许并不那么快乐，甚至，直到如今，也没有什么最终结果，只是当伯牙伸手抚琴的时候，我想，他已经从低谷攀上高山，他已经浩浩汤汤，奔流入海，我又怎么会向你抛出一个难解的题，期待你给出我也得不出的答案呢。再听琴音，伯牙发现身边不知何时已经又站了一个人。

某一天，我在城市失去灵魂

在那个夏天到来之前，我已经变成了无家可归的幽灵。请让我向你描述幽灵的一日吧。先是在租住的出租屋里，被慌乱的闹钟吵醒，但宿醉的疲惫还没有醒来。妻子那屋没什么动静，她还在梦里。床头、地上散落着书，已经好久没有打开，被我的无情蒙上了灰。我想总要打开看一下，但我没有打开那本《红与黑》，也没看那本《罪与罚》，人的一生真的如此波澜壮阔吗？要我怎么去相信呢？

曾经的我赤裸着上身，纵身钻入湍急的河流。野性未脱，在乡村无人居住的房顶上纵横跳跃。一人独行在黑夜之中，因为找不到爸爸妈妈，不远处耸立着孤坟，白杨树发出的飒飒风声而低声啜泣。偶然捉到一个从来没见过的虫子，而幻想着自己发现了全新的物种，并决意要以我的名字来命名，那时我要怎么相信呢？

今天，我赤裸上身，笨拙地找出一件皱巴巴的上衣，我收紧自己的肚子，我去数脸上的痣，我浑身散发着酒精的味道，阳光也冲不散，月光也洗不掉。

我到了一楼，却忽然忘记了自己有没有锁门，我把钥匙放进最深的裤兜，并反复确认。有时忍不住嘲笑自己的愚蠢，那间屋子里能有什么可丢呢？两道铁门难道还隔不住偷窃的人吗？如果不能，茶几上那发霉的柑橘可以吗？还是我有在某张纸上写下不朽的名篇？

时间、感情在成人的世界里是被明码标价的。我出了小区，在路边找到一辆自行车，起步价是 1.5 元。老人去菜市场，孩子去学校，交警在拦摩托车，树在开花，花在凋谢，环卫工人在清扫马路，我在等绿灯。我在等绿灯的时候，感觉身体内的宇宙停止了运行，像一颗已经毁灭的星球，只是把生活从多少光年之后投射了回来。我甚至听不见星球毁灭时爆炸的声音，我能听见车轮与地面摩擦的声音，人们走路的声音，催促我让路的喇叭声，仅此而已，我听不见自己的心跳。

我深呼一口气，对自己说，这就是生活。接着我来到办公室，我不准备去办公室交朋友，也不想和他们成为敌人。坐在我旁边的女人和对面的男人，有时我们会喝一杯，在熙熙攘攘的饭店，趁着午休的一个小时，我们聊很多。女人还没结婚，她抱怨着遇不到合适的人，我在一旁随声附和，她喋喋不休地讲述自己的父亲，那是她不幸的根源。没有结婚的人似乎永远都是孩子，我从妈妈的嘴中也听过这种论调，我对此嗤之以鼻。我知道这个女人是悲伤的，她的金色的耳环，比夏天的阳光还耀眼，她虽然是一个美丽的女人，但属于她的爱情终究还是没有来到。她画着浓密的睫毛，去厦门，去鼓浪屿，她想告诉所有人她的幸福，但她的父亲说，你看看你多大年纪了。她妈妈说，你觉得谁能看得上你，你在挑什么？他们一起说，你最近不要回家了，不要去跟亲戚说那些无聊的话，我们的脸都要被丢光了。

她每次都只会说这些，那些海浪和沙滩，那些定格在画面中的笑容，她通通都不记得了。我猜她并不是在对抗什么，人越缺少什么，就越在乎什么。所以，她像一株大棚里的植物，不断为自己施加肥料，她耐着严寒的寂寞，去寻找少得可怜的温暖，她想尽快长大，她想让父母去看她开出的花，但这不是他们想要的样子。

我忽然很庆幸，想起远在乡村的父母，因为只被土地养育着，他们只要求我成为一个健康的孩子。嘉树，你知道吗？一个在寻求爱的人，是很难给予他人爱的，我很害怕这样的人，我很可怜这样的人，有时我也是这样的人。

公司已经开始走下坡路了，老实说，这和我没什么关系，但老板会说，更多，更多，你们要做得更多。我实在是一个爱看书的人，回忆光怪陆离，如同在暗夜中前行，书是难得的星光，可惜童年闭塞的乡村有驴子和羊毛，有鸭屎和牛粪，却很难找到一家书店。我会捡柴火取暖，会爬上屋顶换瓦片，在幅员辽阔的中国大地上，我栖身在一个不知名的村落，到我十几岁时才能每天都接到自来水。我那会儿觉得能坐公交车的人，就是天底下最厉害的人，我觉得电视上的人不属于人间，他们去思考如何创造一个更美好的世界，而我的父母和我，守着土地，等着用汗水浇灌出来的粮食果腹。我觉得真的有满天诸佛，在暗处庇佑我们。

我找不到一本书，但我有一个哥哥，他有一书包的书，那是我幻想世界的源头。在此之前，我不敢想象世界上有一座城堡，有穿着水晶鞋的公主，有王子，有平分时间的赤道，有洋流，带着奇奇怪怪的生物，从日本到澳大利亚。我连乡村都没有离开过，我只看见过火车如脱缰的野兽，看见飞机如巨大的怪鸟，给我震撼和恐惧。我在放羊的时候看书，在沟壑中有黑褐色的"野葡萄"，我伸手撸下来一把，只在身上蹭蹭，就一股脑塞进嘴里，有些很涩，成熟的却酸甜可口。

那些躲在季节中的蚂蚁、蝼蛄、蜥蜴、蚂蚱，有的看得见，有的看不见，藏进成片的麦田里。风把夹杂着羊粪的奇异味道带过来，像从头顶大杨树透出的阳光一般让人眩晕。我嘴里叼着一棵草，我不去思考生存还是死亡，那是哈姆雷特正在考虑的问题，黑紫色的手给他的剑淬上了毒，我那时实在不理解生活，不理解上一代的恩怨为何能延续到下一代。

我做一件事，就单单为了这件事，让羊吃饱，让火燃起。如今的工作让我坐在一张桌子前，上面堆满了书，但我却再也读不进去，它总试图告诉我它认为的真相，告诉我经济运转的规律，告诉我如何去过体面的生活，把那些故去的历史人物塑造成偶像。更可笑的是，它想描述一个人的心，不是正跳动的那颗，是无人见过的那颗。它知道一个 8 岁的孩子在想什么吗？知道人的悲欢各不相同吗？好在这份工作并不是毫无意义——总有人需要这样一本书，需要知道经济运转的规律，需要知道如何体面地生活，需要一个人成为自己的偶像。

当我离开家的时候，我才知道世界是一个椭圆，只要一直走下去，无论哪个方向，我们最终都会回到原点。原点并非再次开始，并非重复，人生本就是一场私人的体验。

夜幕降临，华灯初上，万家亮起灯火，我给在乡下的妈妈打了一个视频电话：屋里很吵闹，哥哥刚进屋，爸爸正喝着酒，侄子摔倒了，放肆地哭，妈妈边走边看着我，这是人间最美的风景。我能从遥远的院落里，一眼识别出猎户座，等到三颗星子朝向正南的时候，就是我循着它的方向回家的日子。

但这日子还很久，那时院子里的玫瑰早已经凋谢，我看不见熊蜂在花丛间忙碌授粉，草莓歪歪斜斜地挂在低矮的叶子上，薄荷长得茂盛，只在杂草间散着清凉，院子中间那株奶奶生前种下的花椒树不知何时高过了屋檐。

如果生活真的只像我描述的这样，我觉得那将是上天的赐福。挂断电话，跑步回家，应付临时到来的工作，去做一些无聊的游戏，躲在屋子里虚度时光。许一个愿望，然后搁置，借此消磨自己的勇气，变得软弱。如果没有接下来的这个夏天，我想我会一直这样下去。

人啊，关心自己的冷暖胜过少年是否抑郁

这个夏天。一个少年十一被诊断患有抑郁症，但被治疗的却是我。

嘉树，请你不要诧异，我从他身上找回了自己。他15岁，已经开始失眠、懒惰、离群索居，他有时呼吸困难、浑身发痒，他的头发油乎乎的，他漠视一切，他自认为对这个世界的规则了如指掌，自认为掌握了对抗一切的方法。

但这不是我最初见他时的模样，不记得这是我们第二次还是第三次见面了。他是我妻子的侄儿，也成了我的侄儿。我有些厌烦婚姻，这让我卷进不同人的命运之中。爱情是一杯致幻的酒，让你相信一切都是简单的，

酒醒后满地残羹冷炙，方知那是错觉。

第一次看见他时，我和妻子小林还没结婚，我陪她回家，他们家准备了一桌子菜，鸡、鱼、虾、酱牛肉、紫薯芋圆……我称赞这些菜的味道鲜美，我知道这是我未来大舅哥的手艺。大舅哥中等身高，微胖，脸上呈现出黑红色，那是酱油和土地的颜色。我和那些长辈、同辈在席间觥筹交错，听他们讨论谁的生活富足，看他们的神色，戴在腕子上的金镯，听他们细数那些荣光。接着聊到谁家道中落，谁离婚又结婚，还要了一整套房子，在不远的市区里，那是天大的本事。生活在贫瘠的乡村，似乎脚下这块土地留给他们的只有痛。

我看着那些孩子，在屋子里跑来跑去，我也看到十一，他那时还有些狡黠，把自己的碗码上高高的鸡腿、水煮肉、火腿，在人群间穿梭，不免被他妈妈呵斥、咒骂几句，但十一只是得意地一笑，就离开了。

我也有些醉了，便去外面吹去一些酒意，留下小林一个人，等我回来时发现她有些不高兴，原来我不了解的他们此刻已经彻底了解了我，知道我还有一个哥哥，知道我并没有什么积蓄，还道听途说我爸爸欠了别人很多钱不还。

　　对不起爸爸，我让他蒙上了不白之冤，我知道他是一个真正善良的人，我想要去反驳，但是我能说什么呢？说我像一棵树，在泥土中扎根，在暴雨中昂首，我鲜活地存在着；说我的母亲，从来没有一日的懈怠，像陀螺一样不停地旋转，被一个无形的鞭子日夜抽打；说我的哥哥，因为我而蒙羞，因为他也会被别人说还有一个弟弟。我什么都没说。

　　小林说，好多人说你的坏话，也有人说你的好话。只有十一，他说你们管那些干吗，和这个人又没关系，我觉得挺不错的。在被莫名审判的过程中，他放过了我，我却没有放过他。在这个家庭之中，他是存在于这个家里的隐疾。我不是医生，不会治病，但我会骑单车，十一不会，他不会做饭、不会烧火，做什么都提不起兴趣，他曾经还离家出走过，我不想知道他去了哪里。

我满脑子想着，如果教他学会了骑车，在这些人面前，我将会被重新审视。嘉树，你会不会觉得我是一个很自私的人，我总是觉得自己与众不同，细想下来唯一的不同就是别人把市侩挂在脸上，而我把它埋在心里。

我问十一为什么不会骑自行车，他说学那个没什么用。我说你可以骑它出门远行，我有一个朋友，他最大的乐趣就是工作之余，去陌生的地方旅行，无论是城市里的胡同，还是一条陌生的路尽头的湖水，那些未知的画面，给他带来比疲惫更多的东西。

"是什么?"

"是探索,是发现,就像是吃了一顿大餐,你的胃得到了满足,当你走过一段路,告诉自己我还行,然后遇见一处丰盈之地,你发现你看到了不同以往的风景,他只属于你。"

十一说,我不是你的朋友。

他油盐不进,我很快败下阵来。但我不放弃,我把他带到北京,晚上我们三个人一边吃饭一边聊天,我问他是不是要上高中了,他说:"对,马上中考了。"

但他成绩并不好,家里计划让他上职高,他不能接受这种情况,十一有自己的规划,他可以报特长生,学美术,这样他就能上大学。这和我没关系。

但我依然敷衍道："学美术很不错，你喜欢画画吗？"

他说"还行"。我便拿出我的佳能 700D——一个跟着我有 10 个年头的老伙计，磨损得厉害，快门的反应也已经很慢了，但对于一个 15 岁的孩子来说足够了。这对他而言是一件昂贵的奢侈品，我给他看我拍的照片，他很有兴趣，拿起来不停摆弄。

我说你想要就给你吧。我可以教你。他很惊讶，怕我骗他。

我说："不过你要答应我一起去学自行车。你的假期还有 5 天，你可以选择睡觉，在这个沙发上玩手机，你也可以去试试。我觉得你并不笨，你是个聪明的孩子，你不想去迎合别人，也不想证明什么。但是骑车本身就是一件很有趣的事情，不是吗？"

我小时候学习很好，升学的时候考了市里最好的初中，这个学校有月考，我并不觉得有什么重要，我只是去写上我的答案。

可是有一件事改变了我，是数学老师的一句话，这句话让我恨了她很多年。我那次考试成绩并不怎么好，至少不是我的水平，90多分，她把我和另外一个同学叫到办公室，他是班里的第一，在这个小小的城市里很有名，老师把他夸了一顿，话语间仿佛他是注定的天之骄子，接着她转向我，说："这道题你也会做吗？真没看出来，你是怎么想的？"我说了自己的思路。她很震惊，她说，还有这种解法，没想到啊！

你看，她并不了解我，那题对我来说很容易，我应该告诉她，这不算什么，我甚至不用思考就能得出这个结果。但我什么都没说，我只感受到伤害，她凭什么觉得我不可以，她凭什么看轻我？我从此不想上她的课。

她有什么损失吗？我的恨，一文不值，我却从那时开始讨厌数学，想想多不值得，因为一个无关紧要的人，我放弃了这么美丽的科学，我放弃了自己对知识的探索。我说人生是一件一件小事串联起来的，人生最大的遗憾就是我们不能回到错的那一刻，告诉自己，这不是一个选择题，你不能因为别人的错误而选择丢掉正确答案。

　　我对十一说，这只是一个很美好的过程。不为了任何人。

　　"相机真的给我吗？"他没看我，只是把镜头对着我，按下快门。

　　"当然，如果你能做到的话。"

　　我们开始学自行车，我去楼下扫了两辆共享单车，工作日我只能早上陪他骑车，6点，我预想了几个骑车地点，但人很多，我们好不容找到一条狭窄的小路，小路中间有一个"T"字形的路口，横插进去的路的两边种满了树，我们在荫凉里，路的尽头是几间平房，在鳞次栉比的高楼间显得格格不入。

人何必去追逐太阳，我们只借她的光，看清楚脚下的路。就像眼前的这段路，此刻就有了用武之地。

十一大概有 1 米 65，150 斤左右，他走路好像有点蹞脚，平衡感不好。我选了一辆轻型的车子给他，他无所适从，不知该如何开始，只是看着我。

我说："你很高，你不要怕摔倒，你只要把脚支在地上，你就倒不了。你尽管骑，你踩着车镫子，你的眼睛要看前方，你的视线在哪里，你的手就在哪里。"

接着我开始做示范，把车子骑到尽头又转回来，他深呼了一口气，然后纵身上车，结果还没骑出一米，人就摔倒了，我扶起他说："继续骑吧。我当年摔了十多跤就学会了，我在后面帮你稳定。"

他又上了车，他真的很重，全靠我的力量保持平衡。没一会儿，他又摔了下来。

看得出他有些泄气，那就换一种思路，我说："你先不要想着骑整圈了，也不要坐上去，你先学习平衡。你在车的一侧，借助身体的力量，一只脚踩在脚镫子上，让它滑行。"

车子依然歪歪扭扭，但渐渐地，他已经能溜个五六米，我坐在路边，看他从尽头折返回来，等他到我身边的时候，又摔了一跤。

继续加油啊。我给他鼓劲。

他却蹲在路边的石头上，吐了起来。他吐得很辛苦，我这才意识到，他是不是生病了。他跟我说他呼吸困难，大吼着问我要水喝，他的脸上不知道是汗水还是眼泪。我开始认真观察他，并没有觉得他对我的吼叫是一种冒犯。

　　他只是不知道该怎么表达，他需要水，他孱弱的身体需要水来治愈。他并不能同其他同龄的孩子一样，可以放肆地跑和笑。这种情况出现多久了？没人发现吗？

　　我给十一买了水，我们回家，我对小林说，他是不是真的病了。小林却说他一直这样，说他上初中的时候军训，800米都跑不到，被老师和同学嘲笑了3年，他就是懒，意志力薄弱。

　　可是他吐了，看上去很痛苦。没人带他去看看吗？

看什么？

看病。

你不要跟哥哥嫂子乱说，他们可不愿意听你瞎说。

第一次也是最后一次骑车

第二天早上，我叫他。他不耐烦地从沙发上起来，他来了几天也不洗澡，头发亮晶晶的，我劝他剪剪头发，他一副和我不熟的样子。我们又默默回到那条小路，这次不用我教，他就已经能溜很久。他再次开始尝试骑行，但不得不说他太笨重了，一会儿工夫，衣服上就沾满了土，胳膊上也多了几道新的划痕。

我叫停他，让他和我一起做平衡游戏，我们把车子放到一旁，在马路牙子上，沿着一排砖走直线。他看上去比我还像个大人，一边说着无聊，一边亦步亦趋地跟在后面。他很快失去了重心，脚落到了地上，他又想起了什么，跑到车筐里拿起水大口喝了起来。

哪有那么容易呢？那漫漫长路一望无边，哪有那么难呢？步履不停，又怎么会存在到不了的终点？

练得差不多了，我们相处的一天便基本结束了。晚上我对小林说，十一还是挺能坚持的，只可惜时间太短了，如果让他留在这一个月，我肯定能教会他。

小林说，叫你别吹牛，你非吹牛，这下看你怎么交代。

我已经不想怎么交代这个事情了，我想，等他下次来，我一定要教会他骑自行车。接下来是他在我这儿的最后一个周末，我们起得比平时更早。从小区步行到大黄庄菜市场，接着过马路。我建议换一个新的地方，那是一个小广场，有 100 平方米左右，在中间的位置立着几个健身器材，这是我上次为他买水的时候发现的。

这里空间更大，他依然以半圈为周期地溜车。

"你的每一下都要用力，十一，当你铆足了劲往下踩的时候，车子会有感觉，惯性会让它向前。不要用你的手去控制方向，用你的眼睛，即使摔了也不必害怕，顶多是破块皮，那有什么关系呢，物理上的痛都是暂时的，它不会一直疼下去。"

他继续溜车。

"学不会也没关系，到时候你把相机带回去玩吧，我只有一个要求，记得拍些漂亮的照片。"

他继续溜车，似乎没有听见我说的话，我靠在围栏上，看着他纵身上车，那辆黄色的共享单车竟在饱受了摧残之后扭扭捏捏地行驶了起来，他停不下来，开始无差别地撞向一切挡在面前的东西，似乎那里空无一物。

尽管他受到更严重的伤，但车子却真的转动了起来。像学步的婴儿，歪歪斜斜，跌跌撞撞。

我让他休息一下，他执意要继续，我注意到他早上没穿袜子，脚后跟磨破了，"穿上袜子不就好了？快回去上点药，自行车这种东西，一旦学会就忘不了了，回家多练练就好。"

他有些高兴，说着没事，又瘸着腿继续。

我立刻给小林打去了电话，"你猜怎么样？他学会了。"

这个笨蛋，学会了自行车，我替他感到高兴，比我中了头奖还高兴，我控制不住地喊了出来，行人侧目，但无所谓。他依然笔直地撞向器材，又摔了个大马趴。"记住脚下要用力，这样车子就不容易歪，你要看的只有一条路，你要看哪里能避开障碍物，身体的本能会帮你做到。"他没有反驳我，点了下头算是回应，慢慢地，他能绕过小小的障碍，慢慢地，他能转弯。他正面对着我，车子也面对着我，我拿出手机为他录像，我也是一个要绕过的障碍，可惜他在我面前摔倒了，只是他又站了起来。

"今天就练到这吧，咱们回去吧，骑回去。"我们骑到马路上，把车子停到路边，"跟我走。"我们进了大黄庄菜市场，在市场最深处，藏着一座美食城，还没怎么开张。现在是周六的早上 8 点，外面熙熙攘攘，这里却只有一家煮饺子小铺面营业。我们点了两碗饺子，一盘茴香的、一盘韭菜的。"相机我可拿走了？""拿走吧，别不用就行。""那你就别管。"隔天，我把他送到车站。

嘉树，你觉得人应该如何面对黑暗呢。当你走在一片寂静中，记忆仿佛是在银河游荡的小船，越发清晰地远去，走过桥头，流水从暗处涌来，你闻到了吗？五月的槐花，正在我们的头顶盛开，还有樱花正在飘落，散落成为一张柔软的床，不必流泪，因为看不见的黎明，此时此刻就能睡去。在黑夜中，生命也会生长。

没有哪一所学校是象牙塔

几个月对于当时的我来说就是日子的填充，但对于十一而言不一样。他回到家，参加了中考，做出了一次人生重要的选择。他不爱学习，成绩不尽如人意。小林的妹妹忙前忙后为他联系了市里的职高，他接受不了，他一定要上高中。

上了高中有什么用？他爸很费解，问他，你的成绩以后能考上大学吗？

能不能考上大学不是现在要考虑的事情，只要上了高中，在十一的认知里就一定能上大学。他父母爱之既深，最终交了一大笔择校费送他去了民办的高中。但十一并不能适应住校的环境，首先是饮食，他不吃蔬菜，只吃大饼卷肉，他的身体日渐膨胀；其次是人际关系，没人能准确说出，他的为人处世从什么时候变得越来越古怪，他不善于与人交际，木讷寡言，却不知道对于有些人来说这种行为是一种挑衅；他更不会应对冲突，他害怕又沮丧，他愤怒又不善于表达，他歇斯底里地表达自己的困惑，大家觉得他是精神病。

十一在自习课上发出奇怪的声音，像个动物一样。有人害怕他，不停地议论，有人觉得他是一个乐子，拿废纸扔他，用脚绊他，把圆规的针藏在他看不见的地方，凳子上、桌肚里，他伤痕累累，却又无所适从。整个世界似乎是一个张开的恶毒的眼睛，正一眨一眨地笑着望向他。他只好将受到的伤害丢到高空，他突然的动作，引来更多的议论和嘲弄。

这时，老师来了，把十一叫了出去，不知道他们聊了些什么，十一慢慢平静了下来。但没一会儿，有两个得意扬扬的孩子又嘻嘻哈哈跑到他们旁边，叽叽喳喳起来。十一一下子崩溃了，他惧怕、憎恨、羡慕的人，就这样肆无忌惮地望着自己，他的忍耐到了极限，后来我知道这也有可能是病症的一种表现，但其他人并不这么觉得，只觉得他是一个喜怒无常的家伙，是一个定时炸弹，一个危险的信号。

这晚，住在市里的十一的老姑给小林发来消息，说她快愁死了，老师对她说十一情绪太大，没法在学校待着了，时间太晚了，哥哥嫂子过来不方便，让她去接一下。等她到了学校，十一说什么也不走，也不请假，折腾到 10 点才算消停。老师还说，十一自己准备走美术特长生的路子，但却不想给爸妈说，问他为什么，他说家里条件差，说了也白说。

小林把妹妹的牢骚拿给我看，上面还写着，这个孩子思维不行，不懂事，难道学了美术就能上本科吗？学了又怎么样，他还真学吗？学了也白学。

上职高的事情，小林的妹妹出了不少力气，送礼请客，最后打了水漂儿，她对这孩子还怀着怨气。

打开了这个头，十一回家的次数越来越多，理由也是千奇百怪，有时因为老师的话而觉得自己受到了针对；有时因为晚上睡觉宿舍空调太冷而辗转难眠，没有精神；还有的时候就是待不下去了。如果继续这样留在学校，他就会哭，控制不住地流泪。谁能拿这个孩子怎么办呢？我埋头在电脑前，说要不然给这个孩子找个心理医生吧，小林犹豫了一会儿："先和嫂子说一下吧。"

这期间十一交了几个朋友，其实算不上朋友，他跟在他们后面，听他们的调遣。他有时聪明得过头——如果解决不了对他们的恨，那么就加入其中。无人时他可能会问自己：这样会不会好些？

　　同学拿了别人的书让他藏起来，他难道看不见名字吗？那么隽秀的小楷，是一个女孩的名字，名字的主人就坐在他的斜侧面，戴着一副镶着金边的眼镜，他熟悉的，他有时也会偷看她，或者想去说上一两句话，不过这一切都止于想象。有的人设想过一万种结果，但却不愿意迈出一步，似乎没有失败，就能继续心存幻想地活着。

　　就是这样一个女孩，甚至还坐在他对面一起吃过晚饭。多美的夏天，学校花园里的紫藤萝一簇簇低垂下来，随风摇摆，花的香气混合着青草味道，阳光将紫色印在她的脖颈上，那么明媚而耀眼。十一只是远远地看着，就是这样一个女孩的书，最终还是被十一藏进了书桌里。

　　上课的时候，女孩发现书不见了，她四处看，找，可无人承认，等老师进来的时候，她正趴在桌子上，低声啜泣。那一瞬间，阳光破碎了，只剩下刺眼的利刃，从十一虚无的意识中穿过。老师问怎么了，几个始作俑者说没事，闹着玩呢。但十一忽然觉得自己很恶心，有什么东西要从他胸膛里钻出来，他猛地把书拿了出来，吓了周围人一跳。

他的眼睛狭长，小小的黑瞳在阴郁的眼白中一动不动，看上去冷漠且无情。我见过那种眼神，那不像人的眼神，更像是一只野兽，被逼到绝路，但他不做垂死的挣扎，只是漠视死亡，漠视一切，包括他自己。班主任见他状态不稳定，叮嘱下节课的数学老师多关照一下他。他趴在桌子上，对前来问候的老师不闻不问。老师用手推了推他的肩膀，他猛地起身大吼"滚"。他的声音走了好远才停下来。

周围很静，只有他凄厉的喊声在教室回荡，班主任给嫂子打电话，让她把十一接回去。电话里的嫂子很委屈，跟小林抱怨，说一个懂事的孩子，怎么也得给老师面子吧，要不然老师以后怎么管理学生？这次人家老师真不愿意了，一定要让十一回家，等他想清楚了，写了保证书才能回来继续上学。

我问小林保证什么？小林说，保证以后不再犯了。小林还对我说，嫂子想让我去和十一聊聊，说她自己和十一怎么也讲不通，十一现在就能听进一点我说的话。

可是我对他说什么呢？一张写满字的纸，一个强迫的承诺，这不像一个笑话吗？那不过是一种咒，刻进十一的身体里，一旦他违反了约定，就可以被肆意驱逐。我想起我的大学，"五一"放假的时候，需要签上一个说明书，说明书的大体内容为：本人自愿离校，其间发生任何事情与学校无关。

对成年人可以，对未成年人则有些残酷，这张纸能把一个人正大光明地推向深渊。

嘉树，你觉得我说得太严重了吗？并不严重，我尽量将它美化。当我们以他人为尺度衡量一个人或者自己的时候，你、我、他或许都无法认清自己，我们听见什么就是什么：没救了、坏孩子、神经病、好臭、看他不顺眼、为什么活着、不懂事、你保证了呀、废物、没出息、真可笑、喂，放学去厕所等我、别想逃啊，这些都将构成"我"。

况且十一说不上是个坏人，但也不是个好人，他受到了伤害，却也在无形中伤害了别人。我跟他说什么呢？十一，你没错？可我对他的行为也感到深深厌恶；十一，你赶紧写保证书吧，要不然老师该不让你去上学了？我也要去恐吓他吗？我也要把自己的意志化作针刺向他吗？我敢保证，那一点作用也没有，如果能有一点作用的话，或许就是把他幽闭心中的那团微弱的火苗，轻轻吹灭，我下不去手。我也没有这个资格，去剥夺他爱这个世界的一丁点儿的希望。

被装进套子里的人

　　小林问我，他为什么会变成这样呢？会不会是遗传？小林家的三代人都有些执拗，讲到十一的时候，她认为十一自己的原因更多一些，她想将大部分的问题都归于基因，这和她有什么关系呢？她从小就在外面读书，一直到三十多岁，回家的次数都非常有限，但她总想逃避答案。她对我说，很早以前十一就非常敏感，喜欢安静，别人下课在一起玩的时候，十一会大嚷着离开，十一说你们太吵了，不要再说话了。没人回应他，他就自己跑回家。家里人会笑他，看看别人家的小孩，没有嫌吵的呀，我们小时候也一样。就你不合群是吧？小林也曾经说过类似的话，现在，她似乎意识到自己成了帮凶，她觉得这对她来说太不公平了，因为不仅仅是她，我们这一代人，又有几个不是在父母的否定中成长起来的呢？为什么她就能、就要承受那种痛苦呢？为什么十一可以去抵抗这种命运的安排？

当波涛汹涌的情绪被亲人三言两语抵消后，只能选择沉默啊。可是小林，没有人规定你一定要沉默，就像没有人规定你一定要痛苦一样，也没有人规定你不可以追求自己想要的人生。现实种种，不过是有人在为我们的人生编织一个巨大的沉重的茧，或者轻盈的愉悦的梦，主动或者被动，以他们有限的人生和经验，以他们的认知和理念，虚构出一个世界，像包裹婴儿的布；像夜晚，像封闭的房子，像一个模具，像一把园艺师的剪刀，将生命从抽象变为具象，在楚门的世界里，活着。我们没有什么理由去责怪他们，那也是他们所处的茧，他们的梦。庄子的蝴蝶不也只存在梦中吗？当他无限接近真实的时候，他还是选择醒了。

十一也醒来了，他从无所事事中醒过来，他很像一条蛹，蠕动着，在茧里面，又给自己套上了更加坚硬的壳。他以前还会难过，但最近不会了，他不理解老师为什么让他剪头发，为什么要一直盯着自己，他明明有更重要的事情可以去做。但他不争辩了，他觉得世界就是这样的，每个人都一样，几乎没有转机。回到家的这段时间，他想让自己变得正常一点，至少看上去如此，他允许剪子剪断自己的头发，把所有不安的情绪埋进心里，去和别人一起跑步，克制那种恶心的感觉，他的胸口像叠加了石头，一块一块压上来，平平整整，不着痕迹。

　　汗流过的皮肤长出红色的疹子，在夜晚发痒，但是他一点也笑不出来啊。他不敢流泪，谁知道泪痕下面会不会长出其他的东西。他自认为了解这个世界，但却一点也不了解自己。他怀疑自己生病了，很严重的病，他的身体里有一个怪物在作祟，只是他已经确认没有人会关心这些，老师只想着他不给学校惹麻烦。他尝试过跟父母讲，父母带他去了医院，医生说那些丘疹来源于潮湿的暑气，是他不爱运动、不吃蔬菜的结果。那为什么他控制不住自己，为什么他想喊出来，却又不敢喊出来，为什么这些无法言说的症状不能作为参考用来问诊，为什么没有人来替他反对，没有人问他：真的是这样吗，孩子？

　　嘉树，他是一个 15 岁的孩子，他得了一种病。这并没有什么奇怪的，我们会感冒、发烧、摔断骨头，所有人都知道这并不是我们的错。他得了一种病，在他理解的世界不那么真实的病，他选择了保持痛苦。我奇怪的是，所有人都在做自己认为对的选择，难道所有选择的结果就应该是这种痛苦吗？我奇怪的是，整件事里，只有一个人错了——那个得病的人。十一，他意识到自己正如人们说的那样，懒惰、自私、消沉，正不可避免地成为别人嘴里的"那个人"。他意识到，他或许是健康的，那些问题是他的臆想，他是个烂到骨子的人……

既然如此，十一慢慢又变回了自己，他和所有人一样不在乎自己。他爱上了手办，他爱上了游戏，他用攒的压岁钱、在他爸爸饭店帮工的钱、省出来吃饭的钱，买了一个红头发的娃娃。家里人说他乱花钱，说一个大男人为什么非要买个娃娃。他奶奶说他变态。嫂子打电话让我说说他。在视频里，我看着他木讷地坐在炕上，不去看任何人，嘴角流露出一丝嘲讽。我问十一，这个娃娃叫什么名字？我看见他看着镜头里我的眼睛，似乎想看透我，他告诉我她的名字（很抱歉，我已经把名字忘记了），他兴致勃勃，介绍她的来历。

我说挺好的，我最害怕你没什么爱好，自行车回家还骑吗？

他摇摇头。

拍照了吗？

他略微迟疑地点了点头。

我说等我回去可要看看。他又显出没有什么兴趣的样子。

我们又聊回娃娃，我说，真没想到你还是个二次元。他滔滔不绝地跟我讲起娃娃的起源、人生，那些人造的故事，仿佛正通向他向往的地方。那里有什么呢？有一个布偶不会撒谎、不改初心地陪伴。

那个下午我们聊了半个小时。第二天，十一的奶奶说，十一把娃娃带走了，把手机也带走了。手机一直被他奶奶收着，周末放假的时候还给他，这次不知道什么时候被十一藏了起来。如果手机被老师发现了，没收了，十一能面对吗？他本就千疮百孔敏感的心，正被填满石头。我试着回想我的人生，我被爱着，也被伤害着，我的伤口只是结了痂，那已使我在短暂的人生里很难对任何人与事产生亲近的感觉。那他呢？那些晦涩的爱，他此时又怎么能懂呢？

谁说爱不会伤害

他爸爸种了十几亩枣树，开了一个小饭店，能早早地起床，去田里干活，让泥泞的土地打湿他的裤腿；能把铁锅抡个半圆，做一桌子的菜。嘉树，你说什么是父母的爱？嫂子最怕在干活的时候接到老师的电话，又怕自己的孩子惹事，又怕自己的孩子受欺负。她手上的土还没风干，她的皱纹才被日光与风沙又添了一笔，她的头巾浸满了汗水的味道。就是这样一个人，正在生活中用力的女人，她强打起欢笑，嘴角不自觉地上扬，好像这样电话另一头的老师能看到她卑微的样子而宽恕自己的孩子。他的爸爸，从来没有强硬地要求他干过什么，让十一去地里干活，去厨房帮忙，十一做不到一半就开始呕吐。他刷了碗就开始算工钱，每次他回家，不论多忙，爸爸都会给十一炒上水煮肉片、白菜大虾，他买上猪肉穿串，放在热烈的火上翻滚，那都是他儿子最喜欢吃的东西。

面对十一，他曾经扬起过手，但如今却挥不下去。他爱打游戏，在高强度的劳动之后，他会坐在电脑桌旁。他不抽烟、很少喝酒，朋友都已远去，他把一切都贡献给了家庭，只能在游戏中体会短暂的快乐。那时十一就一言不发站在他的身后，感觉自己的父亲像一个勇士那样打倒恶龙，但是他爸爸并不希望儿子像自己一样，他赢得了胜利还好，如果输了，看到一旁木讷的儿子，他觉得烦躁，不是一场失败的游戏造成的，而是他恍惚觉得，十一也正走向一条通向他的路。只是一瞬间，这种感觉就消弭了，只留下难以言说的痛苦和幻灭，生命就是如此的延续吗？他不懂教育，看着儿子就像看着自己，他让他滚到一边去。十一走远了，但要不了多久，他还会回来。

十一不会自己坐公交车，他爸爸开着买了 10 年的面包车——那辆他用来载货的工具，早早地把儿子拉到学校。他会先起床，跑到厨房里，煮上一碗泡面，加上两个鸡蛋、几根烤肠，做好这一切就去屋子里喊自己的儿子。十一的奶奶也不睡了，她这几年得了血栓，身体一直不太好，要送孙子回学校的这天，她从夜里醒来，听着对面炕上传来的鼾声，没人知道她在想什么。她一生要强，凡事隐忍，她的丈夫 10 年前死于一场车祸，那会儿，她的大儿子才成家没多久，两个女儿也才刚刚成年——大女儿小林正在大连读研究生，小女儿初中辍学，已经在县城安家，找了一个能干的老公。

她来不及流泪，一个家庭还要靠她支撑，用她单薄的肩膀扛起那说不清道不明的重担，用她带刺的话去防御无形冷漠的言语，她曾用这冰冷的话让儿子变得坚强，但却在孙子面前处处碰壁。她知道自己老了，成了一种累赘，但她不想那么青春的孩子和自己一样暮气沉沉，成为同自己一样的累赘。

她有大把的时间用来思考，但在一种湍急的生活当中，思考是不被允许的，那像是暗流、旋涡，让人无法呼吸。她轻轻挪动身体，借着一点微亮的天光，去看孙子忘记装进书包的东西。奶奶记得他抱怨过晚上宿舍的空调冷，她便把一整条毛毯塞进了书包；学校规定在校园只能穿校服，她找了几条保暖内衣放进侧兜里；她天天说十一不会有什么出息，可是看到十一自己装了书在里面之后，还是止不住地笑笑，她只是不知道那是十一自己攒钱买的漫画。十一买了整整一套，正计划着用住校的两周时间来看完。

十一在学校度日如年，一切想要远离的人和事，却都阴魂不散地接踵而至，他亢奋的时候彻夜难眠，躲在被窝里看漫画，白天却总也醒不来，醒不来的时候他觉得很轻松，那时世界不再崩塌，心似乎也跟着停止跳动。

现实中的所有人都对他怀有不可告人的目的，正引诱他

走进一个又一个的圈套，没有真诚的笑容、没有信任、

没有爱。

宁愿去信赖陌生人

他不知道怎么在手机上认识了一些人，他们每天都在讨论不公平、命运，讨论家庭、学校和老师，有一条无形的牵引的线顺着网络从不知名的地方爬了过来。一个人的头像是一个可爱的女孩子，他会想象她真实的模样，他觉得自己在此得到了理解，得到了一种无条件的关心和爱护。这个网名叫 Alice 的人，告诉十一恨这个世界没有错，恨他的父母也没有错，不去理会那些浅薄的人没有错，不想上学没有错，反正结果不就是这样吗？十一被亲人养育，因为到时候也要养育他们，现在他们对自己好，也只是想多年之后得到十一的照拂，每个人都是怀着自己的心思在向十一靠近，他们因此付出，也因此收获。

假如这些话都是真的，那么这个与他无亲无故的人目的是什么呢？十一喜欢的东西她也喜欢，她把自己当作一根稻草，当作一个树洞，当作一种幻想，她把十一那些痛苦和虚荣、自私和懦弱无条件地吸纳到自己的身体。

她对十一讲述了自己的故事——

我最后悔的事情就是被生下来，有的人根本就不配做父母，我最幸福的时光在 5 岁的时候就戛然而止了。那天，家里来了一个男人，妈妈让我叫他爸爸，我叫不出来。他身材高大，他抱起我，用胡子扎我的脸，他的嘴里有一股烟味。我大哭起来，他很嫌弃地把我扔到地上。我和他不亲近，这个被我称为爸爸的男人是我的仇人。他刚开始还经常在家，只是没有几个月，他就开始外出酗酒，接着回到家和妈妈吵架，然后动手。起初我躲在自己的屋子里。我记得那天，是我的生日，往年这天妈妈都会给我准备一个蛋糕，奶油甜甜的，她把蛋糕藏起来，装作若无其事的样子。我已经熟悉了她的这点小心思，我就表现得有点失落，这是我们两个之间的小默契。等到天空慢慢黑下来，我看着窗边的树影一点点从我的脸颊划过，橘色的阳光丝毫不刺眼，外面的声音清晰可闻，小狗的叫声——汪汪，流浪猫偶然的轻语，孩子们的欢闹，你可以看见云慢慢从橘色变成淡紫色、靛青色、镀着一点金的灰，然后轻烟不知从何处消散在天幕之中，缓过神再看的时候，天空成了一片纯净的黑色幕布。这时，妈妈忙完了她的工作，她端上我最爱吃的菜，接着拿出藏好的蛋糕，那上面是两只小羊，卷卷的毛发，巧克力做的眼睛，她为我插上蜡烛，然后摘下围裙，只静默地看着我，带着一点笑，一点点劳累后的疲惫，"快来许愿吧。"我要许什么愿呢？我双手合十，闭着眼睛想，我想我要让妈妈过上好日子。然后我睁开眼睛，在妈妈的生日歌中吹蜡烛，蜡烛一下子熄灭了。

如今，依然是这样，屋子里一片漆黑。那天我回家很晚，我很抵触回家，不知道该怎么面对那个女人——我许愿要给予幸福的人；我也不知道该怎么面对那个男人，但我不得不回去。我走进屋子，客厅没有人，也没有灯，我没敢开灯，只是迅速地回到自己的屋子。我听见外面妈妈试探地问，是不是我回来了。我听出那个声音有些颤抖，我忍住没有发出声音。接着我听到争吵的声音，那声音如此的真切，就像去年的风声和树影，那么轻飘飘钻进我的耳朵和心里。我听见哭声，不知道是妈妈的，还是我自己的，接着我听见什么破碎的声音。

　　妈妈说："今天是女儿的生日，你不要这样。"男人说："一个贱货、一个赔钱货，养你们有什么用，还不如养两只狗，狗养熟了还知道冲我摇摇尾巴，那个小白眼狼，到底是不是我的种，连个爸都不会喊。好，你们不让我好过，我也不让你们好过。"只隔了几秒钟，我的门被粗暴地拽动，一个混合着粗气的声音说道："我知道你在家，我知道你回来了，你锁上门干吗？你还不开灯，赶紧把门给我打开。"我感觉心脏要炸开了，我用被子包裹全身，那里没有星空，只有黑暗，没有尽头的黑暗，我却觉得很安全。在被子里，我呼吸困难，但是外面的声音也闷闷的，似乎离我很远，远到我不用去担心。我不知道自己在害怕什么，我是个废物，我是个废物，我是个废物，我还是能听见门把手被扭动的声音，我想刺破自己的耳朵，想刺瞎自己的眼睛，渐渐地，那声音似乎停住了。

　　过了十多分钟，我试探着把头伸出被子，他走了吧。我的手控制不住地颤抖，我听见妈妈的惊呼声，接着一只脚猛然从黑暗中蹿了出来，外面涌进来的不是光，是一个标记，一个靶子，现在那束光就打在我的身上，我还没来得及干什么，我的衣领就被拽了起来，连带着我的身体也腾空而起，一股巨力猛然从肚子上传来，我的眼镜被甩到一边，一切都是那么模糊，就连记忆也是。

我只记得天旋地转，我的头撞到桌角还是墙角，留下一片树叶形的疤。我只记得我再也控制不住自己，我的胃痉挛起来，不知是血还是中午没有消化的食物，被呕吐出来。那一瞬间我觉得有些畅快，再没有其他事情能打扰我了，只要一直吐，他就会嫌恶地离开。男人把溅到他身上的脏东西蹭在我的袖子上，接着摇晃地离开了。他似乎喝醉了，等他离开了家，妈妈跑过来把我抱进怀里，她说："别怪你爸爸，他有他的苦衷。"可是妈妈，我根本止不住呕吐，我的血、眼泪、那股腥臭，正从我的身体四溢，正不断扩散到我剩余的世界。

过了多久？过了13年，我听见时针指向12点，我似乎又看到妈妈哭累了，抱着我，不安地入睡。12点了，我差点忘了，钟表提醒我，这天是我的18岁生日。我闭上眼睛，双手合十，许下我人生最后一个生日愿望：去死吧。给我去死。妈妈，不要问我许了什么愿望，愿望说出来就不灵了不是吗？

没过多久，我考上了千里之外的大学，孤身一人买站票前往。人好多，挤在这个狭窄的空间里，火车高速行驶，外面是无垠的世界，但人却被困在人之间，这是我们抵达终点最快的方式，我不觉得这有什么不好，在这里，没人在乎我，每个人都有每个人烦恼的事情。有个孩子在哭，有的人正核对着自己的座位，有人正和送餐的乘务员争吵，他看上去很饿，可是很犹豫地问着价格。有几个民工靠在别人的座位旁，看到卖小吃的车过来龇牙笑着。我讨厌这种笑，这让我想起自己，迫不得已的谄媚、讨好着谁。晚上他们睡着了，人们从他们的身上跨过去。孩子还在哭闹，我羡慕他们想哭就哭，想尿就尿。列车每到一站，车灯就会开启。人们醒来，下车，自此消失。

　　我也熬不住了，就在车厢连接的厕所旁站着，靠着墙，有一股骚味让人难以入睡，我却看到全新的世界，灯红酒绿的城市，比黑夜更深的森林，在远山盘旋的鬼火，就像走马灯一样在我面前一闪而过。午夜的时候，年轻的情侣忽然惊呼——长江。我顺着车窗向外看去，那是一条大江，在晦明交错的光影里，显出永恒的身体，我想象不到她也曾断流，河床龟裂，鱼虾无所依，我以为只有软弱的人才会如此。

有船正在江中游动，挖沙，巨大的机械手臂坠入江面。想起苏轼曾经说："寄蜉蝣于天地，渺沧海之一粟。哀吾生之须臾，羡长江之无穷。"可是列车很快驶过，我再也没有可能拥有这些了。我冲进厕所，又忍不住干呕起来，但今天什么也没吃，胃里只有酸水，让人窒息。我贪婪地呼吸着浑浊的空气，远离那个家，是不是就能解脱呢？我好懦弱，甚至不如一条狗，我为何要对我所厌恶的世界摇尾乞怜，从什么时候开始，到什么时候结束？

我为什么不能再拥有快乐？所有的记忆都翻滚起来了。可是怎么办，那些痛苦喜欢一遍一遍地重现，摧毁稍纵即逝的欢笑。哪怕只是很短暂的一瞬，当这片刻的时光降临的时候，我感到更加厚重的悲哀扑面而来，像数九寒冬的落雪，压在一棵枯树的枝上。

不知道什么时候，我又恨上了妈妈，那个虚伪的女人，她嘴里絮絮叨叨地说为我好，每次男人打完她的脸，打完我的脸之后，我对她说："和他离婚吧，我们两个也能生活下去，我已经长大了，你可以靠我，而我不需要靠任何人。"妈妈说："别这样孩子，那是你的爸爸。"我渐渐看透她，她是那个男人的帮凶，她与他一起控制我……

十一在被窝里泣不成声，他总说别人和他没什么关系，他的口头禅是"这和我有什么关系"。如今，却因为一个虚拟的"女孩"而落泪，他没有考证就认同了她所有的话。Alice 说她抑郁了，说像他们这样的生命不是花朵，而是被蛆虫爬满了身躯、正腐朽的烂果。她说讨厌笨蛋，但是自己正在逐渐变成笨蛋。

日常的一切都变得越来越难，情绪在反复中好转，有时有一些活力，有时没有，努力想记起今天还是昨天发生了什么事情，但假如没人提醒她，一切就好像不存在一样。有时连睡觉有没有做梦都记不住，只记得将醒未醒的时候，自己紧皱着眉头，咬紧了牙关，对一切都失去了兴趣。

一个不被允许抑郁的孩子

十一听到这一切，那好像是在说自己，他问自己，我也抑郁了吗？他想起自己做的那个梦，他不知道在逃离些什么，只觉得在黑暗中，有一群怪物正追赶自己，他只能跑，谁知一脚踏空，就那么猝不及防地跌进深渊。十一不知道深渊的尽头是什么，因为这里没有终点。

嘉树，你有没有想过，过去是永恒的，但却藏在现在、藏在未来，藏在你所遇到、看到、正经历或正要面对的每一件事上。他一直在下坠，他喊出声，从噩梦中惊醒，周围传来舍友责怪的声音，看来梦还没有醒，他依然在逃亡的路上，他依然在下坠，永不停息。

十一害怕自己得了抑郁症，那对于一个乡村之人来说是不可理解的疾病。想象一个普通的农村家庭，父母从还未天亮的黎明中、在露水还没散去的泥土里和干旱、虫害、天灾、人祸去拼、去争，孩子则被放牧着，如群羊遁入旷野，孤鸟飞进天空，散落在巨大的虚无之中。

　　在这片狭窄的虚无里，那坚硬的土地可以像孩子，那粗糙的树皮可以像孩子，甚至连那呜咽的风都可以像他，但他绝不能是温室的花朵，在被定义为贫瘠的土壤中，花是百无一用的奢侈品——易折、脆弱。况且，他们还没有这种经验，不知道该如何去拔出那些扎进血肉的刺，甚至，如果真的确定他得了抑郁症——那个光是说出来就已经耗尽了他们勇气的疾病，那些暗地中的冷眼就能凭空地让他们矮上一截，那会成为横亘在他们夜里的一朵阴云，给这座寡淡沉寂的村庄平添一份悠长岁月中的谈资，那也是比疾病本身更令人可怕的事情。十一知道这一切。

所以，十一对于所有人来说，都必须是一个正常的孩子。那些与众不同的勇敢和怯懦，他孤独的心，将继续在宇宙中独自黯淡下去。他敏感的心，被自己还是谁，一次次持刀闯入。不知道从什么时候开始变得千疮百孔，失去了温度，燃烧后的余烬越来越多。他有去求救吗？还是他自己有时候也相信了，他并没有什么特别，他只是笨到处理不了最简单的问题，他只是，被神……遗弃的人……

他关心着手机上的 Alice。就连上课只是安静地趴着这种行为也渐渐地不能控制，他想确认自己究竟怎么了。他坐在课桌上，温暖的阳光却避开了他。他的手心沁出汗，他的字还没打完，有另一只手，正把他藏在桌肚里的手拉上来，那只手上紧紧握着一个手机，手机上的信息不停跳跃，像是在不停地催促着什么。那个平日不苟言笑的政治老师正试图把手机夺过来。

十一不知道哪里来的力气，他每天跑去食堂吃大饼卷肉，越发地像一个膨胀的气球。他的身体很弱，在那么虚假的体格里，藏着一个羸弱的家伙，他连100米也跑不了，他拎不动超过10斤的东西，他掰腕子甚至比不过自己的表妹。

但是在这一刻，他竟然挣脱了一个成年男人的束缚。还未等老师开口，他举起身下的凳子，砸向自己的头，一下，两下。老师出手夺下他的凳子。他在那里，说不上是哭还是笑，只有嘴里一直嘟囔着："行了吗？满意了吗？够了吗？"

据说他这次回学校前已经写了保证书，他搞不懂自己为什么一定要写这个东西，这个傻孩子，他想着"反正我不一定会按照我写的那样做"，所以秉持着有什么用的想法做这些事。他蔑视一切规则，但规则并不会因此而不存在，嫂子和哥哥再次接到了老师打来的电话。这次，电话那头没有通知十一什么时候可以回学校，只是让他回家。他不在乎，他是一定要回学校去的，这是父母欠他的，那就让他们去想办法吧。

没人拿这个孩子有办法，他的声音比谁都大，有人来串门，看到他，就笑着说，"又回来了"。他谁都不理，就自己躺在炕上，跷着二郎腿，不停地摇晃，他还给自己网购了一个单边的眼镜，像怪盗基德戴的那种英式复古眼镜，上课的时候不戴，仰头玩手机的时候戴。奶奶说不知道买这个东西干吗？十一反驳说，你知道什么？祖孙俩更多的时候是长久的沉默，像是处在一个镜面的两个维度。他的书包没有打开过，别人好心的、恶意的话，全都被过滤掉。

再一次被轻易放弃

流言像霍乱，肆意妄为。嫂子终于决定让十一去看心理医生。她对所有串门的人都说十一生病了，着凉感冒，所以回家休息几天。我和小林买了周五晚上的车票回去。今天家里的孩子特别多，嫂子家的3个，小林妹妹家的3个，闹得众人不得安生。去看病的事情嫂子不想让其他人知道，这一群孩子也要哄着。于是我们商量着第二天借口去动物园，我们对孩子们说，动物园挨着游乐场，有鬼屋、过山车、摩天轮，动物园里还有熊猫、狮子和老虎，大家都很憧憬能去玩一趟，只有十一显得没有什么兴趣，嘟囔着没什么好玩的，不如在家。

哥哥说："你不去也行，明天跟我去地里给枣树打药。"十一话锋一转，那还是去动物园吧。

　　隔天，小林妹妹还要上班，早上带着儿子回家了。我们打了两辆车，小林和嫂子带着侄女及两个外甥女先出发，我带着两个侄子等后面的车。他们两个都有些晕车，半路加油的时候跑下车扶着树干干呕，我笑话他们不像男子汉。小侄子说自己比他哥强一点，十一看着弟弟不屑一顾，又哇哇吐了出来。我们回到车上，十一在玩手机，不知道跟谁聊天，我给他打字：把你的身份证号码告诉我。

　　他问我："干吗？"

　　我说："不干吗。给我就好了。"

　　十一说："你不告诉我，我不给你。"

　　我说："给你预约一个医院。"

　　我怕他不愿意，回过头看他，他努力掩饰自己的笑意，他说："什么医院，看心理医生吗？"

　　我说："对啊。带你检查检查。"

他把身份证号码告诉我，然后打字说："我就说怎么今天非得让我来，你这个人。"

他咂咂嘴。有一种小心思被猜到的窃喜，我想他也等这天很久了。

司机把车开得飞快，我们得以在十一第二次呕吐的时候下了车。小林打电话过来问我怎么还没到，我说："这可不怪我，你两个好大侄儿还在这哇哇吐呢。你们在哪？"小林说："你往上面看。"我抬起头，在高墙之上，一个巨大的摩天轮正缓慢地升起。

我拍着两个侄儿的后背，说："看吧，这些人就几分钟都不等咱们。"又过了几分钟，我们随着人流来到摩天轮下面，在一排长椅上坐下，天气有点闷热，我给他们一点钱去买喝的，他俩兴冲冲地去买了三杯橘子汽水回来。我们并排坐在一起，看着眼前的摩天轮异常缓慢地从面前穿过，每个座舱上都镶嵌一层浅黑色的玻璃，里面的人看的不是那么明显，我们找她们在哪里，我看见小林他们也正在看我们这儿。嫂子和侄女还有两个外甥女就贴在模糊的玻璃上，向我们招手。

这座城市，正成为一件精致的玩具，缓慢地呈现在她们的面前。等他们下来，我们去坐了过山车，这次只有我和最大的外甥女敢坐，我让十一试一试，他远远地跑开了。外甥女倒是很大胆，说自己什么都不怕，只有胆小鬼才不敢坐。等到了鬼屋的时候，她又被突兀地出现的鬼怪吓得惊叫连连，这回轮到十一说话了，他双手一摊，然后装作无奈地说道，"这有什么可喊的？假的不能再假了。"我们忍不住笑了起来。

中午给十一买了他爱吃的玉米烤肠，他吃得很香。吃过午饭，我们一行人又去了隔壁的动物园，嫂子和侄女在刻着"动物园"三个字的石头前拍照。拍了几张后，她又叫两个儿子过去一起拍。十一还是很别扭，他不喜欢和任何人对视，即使是在镜头面前，也始终处于一种闪躲的状态，他的左肩膀微微塌陷，眼神看向镜头后的我。他的弟弟嘴里吃着煎饼，妹妹正被妈妈抱起来。

嫂子的鬓角被汗水打湿了，不过看上去还是很开心。

我们沿着引导牌一路走过来，看了长颈鹿探出头，野猪拉的臭臭的屎，河马缺了一嘴的牙，一个在吃西瓜，一个在潜水，大象带着小象散步，老虎、狮子、猴子，还有玻璃里的蟒蛇、蜥蜴。

侄女和外甥女要去喂鱼，把鱼食放在手上，几条锦鲤过来碰她们的手。我们几个男人，在一旁等待，我看见几根透明的柱子里，有一群水母正游来游去，它们白色透明的柔软伞盖上，缀着灵活的触角，正在光中摇曳生姿。嘉树，这些小家伙正奋力向上游，这浅浅的水，就是它们的海。

水母被售卖着，15块钱两条，我本来打算买两条，到最后又放弃了，在我这，没有适合它们生长的环境，我还没有做好去安置它们的准备。这些精灵一样的生物如此惹人迷恋，所以我希望它们能继续好好活着。

我们准备去熊猫馆，那么热的下午，竟然还有那么多人。在巨大的玻璃面前，和两只慵懒的熊猫宝宝合照，后面的人挤着前面的人，我和十一第一次靠这么近，他向来生人勿近，如今却不得不在我身边。我们纵身向前，如同一阵涟漪，分开拥挤的人群，玻璃前的人一动不动。嫂子从后面把侄女推过来，她最小，才6岁，但也最轻，我把她接过来，又递给前面的十一，他用力把自己的妹妹托举起来，嘴里大声吼道："看见了吗?"我也扶着侄女，用手指给她看正隐匿在树干下的小熊猫。侄女也在这种巨大嘈杂中大声说："看到了。"

十一泄了一口气，快速地把侄女送到我手上，我们在拥挤的人潮中挣脱出去，感觉此刻的阳光也不那么刺眼了。我们喝了很多水，到商场吃肯德基，小林带着外甥女去厕所，嫂子和侄女也不知道跑去了哪里。我们三个男人看着行李，坐在店里最狭窄的桌子前，等她们都回来以后，我叫十一出来，跟着导航去医院。走过斑马线，路旁长着一排榆树，我看到一排共享单车，问十一要不要骑一下，他说自己已经忘记了。他不愿意多说，我不知道他在家这些天又遇到了什么事情。

走过林荫路，跨上一座大桥，下面那条河泛着粼粼波光，没有那么多人知道，有时一条河就能带人远离尘世的纷繁困扰。他们觉得自己的事情最大，但也说不清自己究竟在干些什么事情，好像一个被上满发条的木偶，被无形的力量裹挟着向前。那力量裹挟着欲望和理想，一时谁也分辨不清究竟是什么。还有像十一一样的人，他看起来觉得一切都无所谓，一切都没有价值，可他的内心却在渴求一种连自己也说不清道不明的东西，他以此为耻，却充满希冀。他想敲碎自己的壳，想长出麟甲，去碰碰那些坚硬的墙壁，他随时准备颠覆自己，接受众人的怜悯还是爱。他也说不清楚。

　　十一的号码排得比较靠后，报到之后，我们坐在医院冰凉的椅子上，其他人都不坐着，很多人都是妈妈带着，正透过门上那扇拉了帘子的窗户不断窥视，似乎这样能尽快换得一张良方。等了将近半个小时，前面终于没人了，我和十一也过去排队，刚进屋子，还没坐下，门呼的一声就被推开了，一位母亲带着一个大男孩闯了进来，那位母亲自顾自地说，"医生，你还记得吧，我上次带他来的。这孩子今年刚上的大学，你说他高中的时候挺正常的，老师同学们都很喜欢他，也从没有和谁发生过矛盾，学习特别好，亲戚们都夸他聪明。不知道是不是不适应的缘故，进了大学以后整夜整夜不睡觉，辅导员说他这种状态不能继续学习，让他回家看看。明天他又要去上学了，你看他好没好呀？"

那个男孩，比十一要高大很多，只是双眼无神。我记得十一有次很得意地跟我说，他有一天想到要回去上学，就完全没有睡着，睁着眼睛看着漆黑的天花板一晚上，脑子很闷，沉重，早上出门的时候，他爸夸他难得早起了一回。

我感觉就像眼前这个男孩一样，他还没从现实中醒过来。医生要来女人手上的病例，说："上次来开的药吃完了吗？"那位母亲忙不迭地说："还没吃完？"医生看了一眼病例，又瞅一眼男孩说："看来还没有什么好转，那就把药吃完再看吧。"那位母亲搓搓手，试探着说："吃完就能好了吧？"医生看着那位母亲期盼的眼神，无奈地说："不能确定，还要做进一步检测。"

母亲带着男孩离开了，明天他好像要回学校，还有很多事情要叮嘱——按时吃药，不要和同学产生矛盾，最重要的是不要把学习落下，那可关系到他的一辈子。凡事多忍让……

十一坐在医生面前，我跟医生描述他的症状："他身体不适，对什么都漠不关心，控住不住自己的情绪，有轻微的自残现象。"医生说："你们今天来得太晚了，我给你再挂一个明天的号，明天早点来做个测试，大概提前两个小时来。"说完这些，她已经利落地帮我开好单子。"如果，他确诊的话，需要怎么治疗啊。"我拿着单子追问道。"目前来看的话，一般是先吃药。"医生说。

我和十一，就这么走了出来。十一难得主动跟我说话，"明天咱们还来吗？"我说一定来。他说真的吗？我说真的，骗你干吗？十一觉得跟我做了一个约定。我也这么觉得。我们回到肯德基，回到家，嫂子问我医生怎么说的。我说很有可能是生病了，但明天还得再去检查一遍，要做专门的测试。

小林在一旁说道："明天咱们得回北京了。"

我把这件事给忘了，"医生说如果确诊了，就得吃药治疗。"我对嫂子补充道。听到吃药，嫂子表现得很犹豫，她和自己的小姑子一样，直到现在都不觉得抑郁是一种病，她同意十一去看医生，只是因为十一的行为越来越失控，她感到害怕。她也想抓住一切能抓住的机会，去挽救自己的儿子，但是之前十一的老姑也是失眠、烦躁，被医生确诊过抑郁，当时给开了一盒药吃。据说刚开始吃的时候还挺管用，当天就能睡着，过了一段时间就要加量才能睡，而且一旦停药的话，心情会更差，看谁都不顺眼，睡眠质量会更差。

嫂子说，他老姑说过，吃那药会上瘾，哪能让孩子吃一辈子的药啊。他老姑后来专门去看了一个中医，中医说她气滞郁结，给开了疏肝理气的药，吃了一个多月就好了。实在不行的话，咱们就再去看看这家中医。

我们三个单方面达成协议。第二天中午，我和小林来嫂子家，十一正躺在床上，跷着二郎腿，看到我来了，把手机放到一边，坐到我旁边叫了我一声，我答应着，去和他妈妈说话。

好一会儿，十一问我，咱们什么时候去医院？

我心里一颤，然后漫不经心地说道，今天不去了，你一会儿不是要去上学吗？我们也要回北京，时间上来不及了，再说我感觉这个医院的医生水平有限。等有机会，带你去北京看看，那里有专家，专家有经验，肯定对你更有帮助……

我话还没说完，十一就又躺了回去，重新跷起二郎腿。他知道自己改变不了别人的意见，就把视线又回到手机上。我叹了口气，想着说：走，我们现在就去医院。

对不起，我终究还是没有说出来，我也不知道为什么。

我跟大家说说笑笑，却总忍不住去偷看他，他还是那么悠闲地靠在那里，只是不知道为什么，我感觉他身上的壳比之前更加厚了。我见到的那一丝裂缝，能窥见的影影绰绰的苍白世界，正紧紧闭合。

外甥女们昨天晚上被接了回去，今天家里显得冷清许多。下午哥哥嫂子从地里回来，我们的网约车也到了，他们目送我们上车，十一在最后姗姗来迟，他来到我面前，却不是为了道别。

他手里拿着我送他的那个相机，我听见自己的心跳声，我感觉有什么重要的东西就要那么悄然而逝了。

他把相机递给我，连看都没看我一眼："还给你。"

我勉强支撑："不用还给我，你不是喜欢吗？送给你了，你没事多骑车、拍拍照。"

"没意思，"他看了我一眼说，"拍照没什么意思，我也不想拍了。"

这时他爸说："我就知道他就三分钟热度，拿回来也没摆弄几天，就扔一边了，还不是天天在那玩手机。"

十一没反驳，他单手拿着相机，一点都不抖，一看就是个适合当摄影师的家伙。只是他现在不想跟我玩了，我接过相机，说："好，我帮你保留着。等你什么时候需要了，它还是你的。"十一转过头，淡淡说了一句："不需要了。"

我感觉自己想要流泪，为我的背叛。

当心陷进了囚笼，让人觉得死不是痛苦

我让司机打开后备厢，我把行李搬进去，然后和小林一起迅速地钻进车里。打开车窗，我们挥手告别，我已经看不到那个远去的背影。小林说，"咱哥说的真没错，这孩子一点常性都没有。"

我不知道该怎么告诉她，这次问题出在我的身上，我让他病得更重，更深，我在剥夺他本该享有的权利。但我没有和小林继续交谈，只说自己不舒服。我拿起他还给我的相机，小林也好奇地探过头说："看看他拍了什么。"她难得这么有兴致。

我当时给了十一一张清空的内存卡，说下次见面的

时候把这张卡拍完给我。如今我忐忑地打开电源，屏幕闪烁发光，最终定格在一张相片上，整个相册里唯一一张照片，他奶奶、爸爸、妈妈、弟弟、妹妹，正在我们刚才出发的位置，他们家饭店门口前的空地上排成一排，他奶奶挂着拐杖，爸爸穿着围裙，他妈妈抱着妹妹，弟弟无精打采，他没在镜头里，那会儿，他正用什么样的表情拍下这张难得的合照呢？会有那么一瞬是感觉到幸福的吗？

我很久不敢接嫂子的电话，她说的关于十一的信息我也不知道该怎么回复。但是负罪感并没有因为刻意回避而减弱，我有时会拿出相机看看，十一拍的那张照片一直都没删，这里一直缺了一个人。

我恍惚看到他笨拙地把相机递给我，然后像个河马一样挤到几个人中间。看上去很拧巴地说："再给我们拍一张。"

我希望这是真的。

快到暑假了，他马上要上高二，面临着文理分班，我来不及想那么多，我的忧愁已被工作冲淡了，快节奏的生活，让书成了一种可有可无的附属品，我们这些为此工作的人也变得越来越没价值，但是房租、生活的成本却在缓慢地增加。我必须生存下去，在北京，高楼多过群山，人们步履不停，才能赶赴上准时的班车。

我快要赶不上了，但也回不去了。

心里尽管早已隐隐有了打算，却又不得不勉力维持一种苦行僧般的生活。夙兴夜寐，靡有朝矣。往后瞧，已难回转，向前看，亦无去路。只能在酒精和食物中麻痹自己。我的肝上堆积起厚厚的脂肪，身体也日益衰败起来。晚上回到家，只想早早上床，让日子快点结束。

我不知道这种生活还要维持多久，工作是别人给的，可人生是自己的。浑浑噩噩不过是骗自己的把戏。

我躺在床上，没有开灯，黑压压的屋顶，门忽然被推开，一阵刺眼的光芒照过来，小林震惊地说："十一这是怎么了，他要自杀。"

十一要自杀。他老姑和妈妈刚去中医那给他开了 10 服调理身体的药，据说是用于排除身体里的湿气。晚上回家的时候，大人们沉浸在对孩子康复的憧憬中，十一只是望着那些药发呆。他今天都在按照她们的要求行动，在饭桌上，他忽然鼓起勇气提出自己的要求，十一跟嫂子说自己要学美术。

嫂子早早辍学，她虽然望子成龙，却也信奉优胜劣汰，就像种植冬枣树一样，干旱的时候人要浇地，冬天的时候要给根绑上枯草保暖，枝丫过多了就要清理出那些不结果只抢夺营养的坏果，她种了 10 年的枣树，一眼就能看出该掐掉的是哪个芽子，她能让一棵树结出累累硕果，却发现眼前共同生活了 10 多年的儿子显得如此陌生。她的哭声悠悠传来，她躺在炕上，眼泪不停地落下来。她说自己造了什么孽，为什么要受这种折磨，小侄女还不懂这些，傻乎乎的，一边笑，一边对着镜头说："妈妈哭了。妈妈为什么哭呀。"

过了一会儿她不笑了，只是说："妈妈不要哭了。"

她搂着嫂子的脖子，把脸贴在妈妈的脸颊上，蹭了蹭。嫂子只是不停地说，她问过老师了，能选的艺考还有书法、摄影、编导，他偏偏选了美术。她没有明确给十一答案。十一的老姑说，美术是这所学校成本最高的一项，除了买昂贵的材料之外，还要去外地学习，一年少说得四五万，但十一说这不关他的事。他学美术就能上大学。嫂子问他，"你爱画画吗?"十一不言语了。末了他说："你不就是舍不得花钱吗? 你们没能耐就说没能耐,说这么多干吗?"他气势汹汹,言之凿凿,像愤怒的公牛,被无端的情绪这块红布挑唆着。

被儿子说无能,嫂子彻底崩溃了。她说:"十一,这么多年我到底哪里对不起你,想吃什么,想喝什么,哪样没给你买。人家的孩子都体谅父母的辛苦,放假了谁不帮着父母干活,你干不了,就在家待着,你待着也是玩手机,上学三天两头叫家长,我都没脸见你们老师。问你怎么了,你也不说,你让我们怎么办?"十一盯着他妈妈的眼睛,不知是愤怒还是悲凉。

"那你们就永远不要管我。"他大吼道。

十一的老姑看不下去了,她站起来说:"十一,有你这么不懂事的吗?说有病,给你治,老觉得自己很聪明,你考试有一回考得好的吗?升初中的时候就突然说自己要去考美术,连考场在哪,该带什么都不知道。上学,就只会跟那个家庭条件好的比，你怎么不跟学习好的比呢，你都 15 了，你能干吗啊？你怎么一点不体谅你爸爸妈妈呢？累死累活一天不就是为了让你们过得好吗？你就是个白眼狼，不心疼还耍上了，一让你干活你就难受，让你玩手机你一天天的离不开，晚上都不睡觉，你不就是装的吗？你到底要怎么样？你说。"

十一站起来，看着他老姑，喊道："我想死。"

那你就去死。他老姑没有片刻的迟疑，十一于是光着脚跑向厨房，拿起菜刀。嫂子说她们一拥而上把刀夺过来。她感觉到十一的颤抖，但很快就被自身的颤抖拉了回来。

"让十一来北京吧。"我对着小林和嫂子说。

不论是恐吓还是真的下定了决心，他已经开始思考这件事了。除了十一过激的行为给这个家庭带来的巨大恐慌，还有另外一件事促使嫂子下了这个决心，那也是十一的老姑带来的消息，就在不久前，她小区有一个女孩跳楼了。

小姑子在他们小区物业工作，当天她才把孩子们送上校车，回到楼下正准备拐弯的时候，听到一声扑通的闷响，接着听到有人喊"死人啦。""跳楼啦。"她赶紧跑过去，没有等到120，甚至连那孩子的父母都还没赶到楼下，人就没了，只有殷红的血溅得到处都是，只有夏日里的一声闷响。撕心裂肺的哭喊声从楼上传出来，她认识，那是住在17楼的一个老师的声音，她记得她有一个被寄予厚望的女儿。她意识到，眼前这个血肉模糊的孩子，有可能就是那个女孩。那个女孩她也见过，平时文文静静，良好的家庭教育让她对见到每一个人都打招呼，可惜的是，女孩的学习成绩一般。用小姑子的话说，现在年轻人的心理太脆弱了，要说学习压力大吧，应该也没有，她学习并不好，也就不存在要保持前几名的这种要求了吧。

　　嫂子没想到前两天还在讨论的事情就这么明晃晃地要在自己面前重现，在跳楼事件发生了几天之后，死亡带给周边人的影响开始消散，那些痛苦或许只会永远横亘在孩子父母身上。嫂子一想到十一就觉得不寒而栗，十一拿起的那把刀仿佛悬在了这个家庭的头上，将成为一个诅咒，让人永不安生。这次，她没有犹豫，给十一装好衣服，让丈夫先独自张罗营生，让婆婆照顾好小儿子，自己抱着女儿，带着十一，乘着火车来到了北京。过不了多久就是漫长的暑假，这是她孤注一掷的机会。

他有病，但我们互为累赘

她不太在意别人怎么讨论儿子了，但仍然和儿子说不上话，她见了我们也只是笑笑。他们是周三来的，我和小林那几天晚上回家后去查北京最好的医院，我开始去了解抑郁症这个群体，还了解到国家有很多免费的心理服务电话，拨打电话后会有相关的从业人员帮你调节情绪，但电话里也明确说了，如果发现孩子有自杀的倾向，一定要及时就医。

他什么时候变得这么严重了，我们很纳闷，小林说他四五岁的时候还会关心别人；八九岁的时候，每当小林放假回家的时候，两个侄子都会等在公路的道边，他们不知道自己大姑回来的确切时间，就在那等一个下午，然后帮她拿行李；他去年，还能让自己勇敢地跨上自行车，怎么才 15 岁，怎么才过了这么短时间，就成了这样呢？我觉得我的日子像默片一样，每天都是重播，没有声音，可他的人生却像驶入深渊的巨船，坏掉的引擎将熄灭最后的火焰。但他的声浪，却惊醒了我。

嘉树，我开始觉得，生活是一个怪圈，我们不负责来也不负责去，我们只能负责来去之间的部分。我与十一交汇的部分，只有短暂、片刻，可我却觉得心又开始剧烈地跳动起来。10 月下雪，我们觉得惊奇，但是在无垠的宇宙中，有成千上万种玫瑰，很多人却觉得能有通用的方式让他们成长，请允许他们有不同的名字，请允许他们自己选择，开放或者不开放。

不仅仅是十一，连我自己也一样，我也想允许自己开放，允许自己回到从他家离开的那天，我会扔掉火车票，对十一说，走吧，我们去看医生。身体生病了，去医治我们的身体，生活生病了，就去医治我们的生活。

我们终于约上了一家评价不错的医院，我对嫂子说："那就稍微再等待一下。"

医院约在周末，家里的活只哥哥一人是忙不过来的，庄稼一旦疏于打理，就会在旁边长满野生的稗草。植株会枯萎，果子因为缺少营养而空壳，爬满飞虫，所以嫂子急着回去，这关系一年的收成，整个家庭都凭此维系生活。她之前以为人不需要像粮食一样得到细致的关照，不需要拔掉争夺养料的稗子，不需要驱散蛀食枝叶的害虫。

但如今她却坚定地要陪在孩子身边。等待的这两天，嫂子帮着收拾我们破旧的出租屋。她是一个勤快的人，嘲笑我们吃得将就，在简陋的厨房里做了一桌子美食，看着都是十一喜欢的东西。嘉树，有时候我们会忽略爱，会忽略一位母亲或者父亲，总感觉他们为自己所做的一切都是理所当然，而自己的要求也都应该得到满足，在家庭中没有节制地去索取。当我们踏入陌生的社会，却又总想维系人与人之间脆弱的关系，因为别人的不理解而懊恼是不是自己的问题，也会因为一两个敷衍的鼓励振奋不已。想起陈奕迅的《红玫瑰》歌词中那句：得不到的永远在骚动，被偏爱的都有恃无恐。

一株小草，因为鸟的停靠感觉到了温暖，他看到鸟的温柔，他向往鸟的自由，他想挣脱束缚身体的土地，他的根在土地中挣扎，盘根错节，但大地并不是一味地束缚，她赋予种子觉醒的力量，从坚硬的壳中生长出柔软的茎，让种子遇见了鸟，听见了风，让它在生命的旅途中，可以去追求自由。如果是一棵蒲公英，就在日光中寻一处湿润的河塘，可它只看见自由。只看见自由，便失去自由。

因为十一，我开始去了解一个群体，他们分散在世界的每一个角落，在他们的世界中，白天和黑夜并不是那么分明，疼痛不会因为你在睡觉而挥手告别，没来由的情绪低落来得也很突然。他们有些不敢跟家里说，不认为会有人能理解自己，有的说了以后，身边的眼光开始变得异样。可这个病又不传染，为什么他们靠近，又远离？有更多人自己都觉得自己是装的，只是那些感觉真的在，你看，他的手，真的在抖啊。

　　他们因为病情有了一点点好转，就开心地想向全世界宣告，他们渴望融入这个正常的社会，可以好好吃饭，好好工作，谈一场甜到发腻的恋爱，可以考第一，也允许考倒数第一，人生如此漫长，一两次的失利又不能怎么样。可是睡前吞咽的又加量的药片、等待复诊的焦虑、别人投向自己的目光、急促的呼吸、越来越记不起的昨天、今天上一刻、此刻，无不提醒着这些人——他们所渴望的东西依然像梦一样遥远，明明别人触手可及的——哪怕只是想睡一个轻松的觉，也像挂在天边的月亮一样，终究只是一场空空的梦。

多么可怕呀，每个人都能看见一万种存在的方式，却不能改变一丁点自己的人生。我想着十一，觉察到他的痛苦，觉察到他的冷漠，我和他又有什么区别呢。

计算机上显示，这个世界每秒大概有 4.1 个人出生，1.8 个人死亡，像电脑上的数据，生成，删除，不以人为计量单位。我觉得自己只是这个计量单位的 0.5，公式化地活着，和这个世界虚与委蛇，到头来欺骗的是自己。十一是这个单位的 0.8，他是一个堂吉诃德式的骑士，遍体鳞伤、胆小懦弱，他把自己牢牢地用茧困住，成为化石或者蝴蝶，那是完整的。他唯一的问题就是还没来得及认清这个世界，也还没来得及认清自己。

嘉树，这个夏天很热，我们不能像仙人掌一样长出尖利的刺，我们要大口大口地喝水，要大把大把地流汗，要新陈代谢，要生长，想哭就哭，想笑就笑，要不留遗憾，要活在夏天里。要不然夏天还有什么意义？

十一睡在客厅的沙发上，他像一株植物那样长在了沙发上。我把自己的睡衣给他，他不说"谢谢"，早上没有人喊他，他能睡到第二天。他不洗澡，不梳头发，眼睛中只透出手机微弱的光。他上了高中以后，每次只有放假的时候才被允许玩手机，后来他被老师赶出去，没有了最初的惶恐，他就把这当成假期。而假期他唯一想做的事情就是打游戏，他手速很快，很擅长玩"致命音速"类的游戏。他们学校一般两周休息一次，有时又安排三周，这种情况下，他身上会出现奇奇怪怪的伤口，好像那不是学校，反而像探险的丛林，或者他直接跟老师说自己受不了了，他质疑为什么要多上一天，多上这一天的意义是什么？他叫嚣着，一秒钟也不能继续下去。

他被接到家里，没事人一样，就在那张他爸年轻时盘起来的炕上玩手机。嫂子问他难道不用学习吗？他不回话。只用余光看一眼这个女人，嘲弄不屑还是什么，或者没有什么深意。他只想玩手机，手机是一个比现实更加复杂的虚拟世界，他乐在其中，心无挂碍。

那一回趁他睡着的时候，嫂子把他的手机藏了起来，他白天没吭声，就像此刻一样躺着，可到了晚上，他一声不响地搬了一把凳子，没有开灯，来到主屋，挨着炕沿坐了下来。他爸爸妈妈在炕上睡觉，他在黑暗中窥视着，这么深的夜晚他能看见什么呢？他不哭不闹，就那么坐着，半夜三更的时候，灯亮了，夫妻俩看到儿子正直勾勾地盯着自己。

嫂子投降了，把手机还了回去，面对那个她养育了15年的人，像一个陌生人一样看着自己，她迅速溃败下来。他是自己上辈子的债，是自己上辈子造的孽，是上天在今世对她的惩罚。她被夺走了一个孩子，现在惩罚又轮到了她的第二个孩子来实施。他不会走，不仅不走，还要日日夜夜折磨自己。

《滕王阁序》

有时十一躺在那个尺寸大的沙发上面，我感觉一种不真实的存在，像一道影子在盘桓，让人觉得空气被压缩后的窒息。他的生活就在被两个桌角支撑着悬空的一个横截面上，整个人像是被潮湿和黑暗滋生出来的狗尿苔。

我们预约上午 10 点的医生，8 点就要起床，小林在家看侄女，我和嫂子带十一去医院。坐了一个多小时地铁之后，还有大概 1.5 公里的路程，过了天桥，地上有一排自行车，我准备扫码骑车，可十一淡淡说道："我不会骑。"嫂子小声嘀咕："在家一次车也没骑过。"

好吧，我们只好顶着烈日继续走。附近有工人在修红绿灯，人像猴子一样攀在灯柱子上；前面还有工人在修路，地基已经被砸开，一股风吹过来，土被吹得到处都是。我们拐了几个弯，终于在一个不起眼的角落看到了这家医院，医院的主楼不高，白色的墙壁泛着微微的灰，路两旁很空旷，鲜少有树，只有低矮的灌木和草坪。我的衣服黏糊糊的，眼睛也被晒得睁不开。我们过安检，嫂子和十一跟在后面，人对陌生的东西有着天生的防备和恐惧。

十一没有北京医保，护士给了一张临时的卡，交完钱后，我们拿着卡坐电梯到 4 楼，这里和外面很不同，静悄悄的。

我们找了三个座位坐下，前面大概有三四个人在排队，孩子为主。十一盯着自己的脚尖，我看着排在他前面的几个孩子，最里面的看上去 20 岁左右，很奇怪，看到他的第一眼，我就觉得很熟悉，他的眼睛没有聚焦到任何一处场景，感觉就像他周围的一切都是虚无，只有他才是真实存在的。我从十一的眼睛里看到过这种神情，你只要见过，就能说出来他们的区别。十一的世界里，还允许真实存在，他偶尔会尝试去连接，尽管次数越来越少，而那个孩子让我想起孤独（对不起，这是我浅薄的脑海里的第一个概念），没有人能窥见他们的内心。

我看向第二个孩子，他一直在动，不安地扭动，或许是哪里疼，或者是想干些什么，但他什么也干不成，就只能在那坐着，有双手正搭在他的肩膀上。

第三个孩子戴着眼镜，我看他，他就看我。我不敢看了，我让嫂子陪着十一，我去下面买水。电梯还没上来，我走了旁边的楼梯，打开楼梯的门，看到两个人在拐角处，像是一对父女，女孩十七八岁的样子，男人40岁左右，女孩坐在台阶上，双手环抱着自己的膝盖，从她看不见的脸上，我能听见持续不断的哭声。男人在她下面的台阶上站着，像个雕塑一样一动不动，对我的出现和消失都完全没有察觉。

我买好了水，改乘了电梯，不太想见到刚才那个画面，我尽量让自己保持轻松，告诉自己我们正在做行之有效的事情。我们三个都喝了水，然后有一搭没一搭地聊着。一直到中午，加上回诊的病人，还是没有轮到十一。中午大夫也要休息，他从诊室走出来，是一个精神矍铄的老头。

选医生的时候，我和小林都觉得医生越老，本事越大。小林还比较在意是不是主治医生，是不是专家，我说就单是经验，像十一这种问题的，没见过 1000 个，也应该见过 800 个了，没问题的。如今见到意见达成一致的医生正从身边经过，我也不断地给嫂子和十一打气，"一看就很有经验，你看他多有精神，多自信，多从容。"

下午的时候，我们三个终于排到了屋门口。整个门是木头做成的，给我的感觉仿佛隔开的两个世界。从这里迈进去，我们能确认十一到底有没有问题，从这里走出来，他会成为更好的自己。

门口的叫号声传出十一的名字，我没叫嫂子进去，我说我陪着进去吧，嫂子进去了，我觉得十一会很拘谨。嫂子点头同意，她说："那就你跟着进去吧，我进去也不知道该和医生说什么。"

我于是推开那扇门，屋里和楼道不太一样，亮堂堂的。工作了一个上午的老医生依然精神抖擞，不似我们这般萎靡。见我们进屋，他扶了扶眼镜，说："坐下。"

十一不知道该怎么办，我让他坐到医生桌子对面的椅子上，他的手放在桌子下面，攥得很紧。我用手碰了碰他的拳头，被很僵硬地甩开了。

医生说："小伙，看着我。"

十一投去斜斜的目光，医生说："你怎么不敢看我
呢？小伙，你有什么症状？"

十一看着他不说话，我说："他没法和别人相处，控
制不好自己的情绪，有时候情绪波动过大会呕吐，身上
长疹子，嗜睡，每天哪儿都不想去，什么都不想做。"

十一听着我的话，身体有些起伏，医生侧过身面向
我，问道，有多长时间了。我想起小林和嫂子她们的描
述，停顿了一下，说道："两三年了。"

"那为什么现在才来医院？"医生问我，我愣住了。

嘉树，让一个如此年幼的人每天承受一种不止心灵

上的痛苦，两年，三年，有可能追溯到更早的时间，我想象不到他到底面对的是什么，旁观者又怎么能体会那种事不关己的压力呢？我想起前两年的时候，我的脚划了一个小小的口子，我没有在意，结果不小心感染上了病毒，不仅影响走路，那个小小的伤口更是多了很多出血点，看上去十分可怖。即使是夏天，我也只敢捂得严严实实的，我几十年的生命中，受过很多伤，比这严重得多的也比比皆是，所以这么小的一个伤口，起初连我自己都不会在意，我想着也许明天就会结痂，可我想不到它会变异，成了一种难言的痛苦。我请了假，跑去医院，医生说，没有什么好的办法，吃药涂药都没有用，只有做一个小手术。

　　我躺在病床上，医生说怎么不早来，都扩散了，本来只点这个伤口的地方就可以了，但是现在脚上有七八个硬结，每个都要做。医生取出液氮，那是氮气的液体状态，无色、无嗅、无形、无腐蚀性，不可燃，温度极低，低到什么程度呢？大概是零下196摄氏度。我看着她用棉签把液氮涂抹在我的患处，正常细胞在极度冷冻的状态下，会发生不可逆转的损害，我感受不到冷，只感到疼，接着疼也消失了，只能看见被治疗的地方正在发黑，不对，是死亡。我看着我身体的某一处，正在极度的严寒中死去。我想到这个世界上有那么多人，起初只是有了一点点小小的问题，无人在意，也许多一点点关心就能治愈的伤口最终却被涂上了液氮，我被医生问得哑口无言。

好在他又把头转过去看向十一，问："有自伤过吗？"十一点点头。"想过自杀吗？"十一又点点头。"运动吗？"十一动了动嘴："不太想动。"

医生又问了几个问题，说先去做个检查吧。我自认已经很关注十一的举动，但是从他的回答中，还是听到了很多不知道的情况。我们出来了，外面没什么变化，嫂子没有坐下，就在门口等着，听见门响，赶紧问："怎么样了？"

我说还得做检查。

看了一下单子，有7项，包括焦虑自评量表测评、抑郁自评量表测评、症状自评量表测评，还有心率变化测定、脑电图全项、首诊精神病学检查。嫂子感觉自己帮不上忙，就着急地去缴费。我带着十一去做检查，在各个科室转了一圈，项目终于做完了。我去拿单子，十一看着比我还紧张，想伸手过来拿我手中的这几张薄纸，我没把单子给他，我说丢不了，别着急。

我看着那些表格，现在请允许我呈现给你。症状自评表显示，十一有中度的躯体不适感，包括心慌、气短、头疼、肌肉酸痛或其他部位不适症状；存在一定的强迫性症状，对某些事明知道没有必要，但又无法摆脱无意义的思想、冲动和行为；做决定时患得患失，变得优柔寡断，心事重重；在人际关系中感到非常紧张，对他人的言行关注过多，敏感、多疑、敌意；存在较严重的苦闷、悲观、抑郁等消极情绪，包括生活兴趣减退、动力缺乏、活力丧失、感受不到生活的意义和价值，夸大自己的不幸经历；存在较为严重的焦虑情绪，一般指那些无法静息、烦躁、坐立不安、紧张以及由此产生的躯体征象（如震颤、出汗等）……

　　我写下这些字的时候，手止不住地颤抖，一次次写错又重来，我和他接触的时间不长，但我在和他接触的过程，一幕幕重演，仿佛心脏瞬间被击中一般。除了上面说的那些，他还有很高的身体压力，这种压力的影响是清晰可见的，比如肌痛、背痛、心悸、免疫力下降等。唯一给人安慰的是他的脑电图处在正常范围，还没有器质性的病变。这次我们三个一起打开那个有着磨砂玻璃的门，医生诊断十一患有中度焦虑症、中度抑郁症。医生问十一的记性怎么样，他很自负（有可能是病理表现），说道："还行。"他可不是谦虚地说。

医生问他："你会背《滕王阁序》吗?"十一背了两句，但是后面的忘了，70岁的医生背过手，洋洋洒洒地背了一小段，"你看我，这么大岁数都能记住，你可不能输给我，下次来给我背背。"

十一说："这可不好说。"接着医生说十一这个状况需要吃药。因为一知半解地看了太多的评论，我对十一吃药这件事也持怀疑态度，但我也没有更好的办法。我想他自己已经没有办法控制自己的意识了，那么药物治疗是一定需要的，什么麻痹神经，什么像打镇静剂一样，都没有关系，人只有活着，才能谈该如何继续活着。

人在黑暗中，也要生长

嫂子不得不回去了，侄女要上学，家里还有数不清的活要做，她知道十一到了我们家一般是吃外卖，就自己去大黄庄市场买了面粉、菜，烙了一整锅的饼，她不想儿子吃那么多高油高糖的食物。她还包了一顿饺子，满满的都是肉馅。十一并不跟她一起回去，因为过一个月还要复诊，所以尽管医生开了药，还是决定让十一留下。好在他不会饿着自己，吃饭的时候，她一个劲地给十一夹菜。他们走的时候我正在上班，我回来的时候就只剩下十一和小林两个人。下午嫂子回到河北老家，给我转了5000块钱，说给我添麻烦了，我没有收。我说放心吧，孩子交给我，丢不了。

医生给十一开了药，叮嘱他每天按照一定的计量吃，于是十一在家里的任务就是按时吃药，除了吃药，就是玩、休息、吃饭。刚吃完他妈妈留下的大饼的那几天，我每天中午都会给他一点钱，他胡乱点些外卖，吃剩下的就扔在沙发前面的小茶几上。我对十一说，"这里的垃圾你要处理一下，你既然在这里住下，那么整个客厅就是你负责的区域，我们三个人每人各负责一个区域，每天都要保持自己区域的整洁。"他便开始不定时地倒垃圾。过几天，有时我晚上回家的时候，一推开门，他看到我进来，会说一句"回来了"。等我应了一声之后，才继续翻个身，去在手机上聊天还是干什么。

我和小林躲在屋子里，我说："你看好像有作用啊，他知道说话了。"小林说："有吗，似乎之前也会打招呼啊。"又吃了几天药，他的情绪貌似真的有些稳定了，我为此暗暗窃喜，但是小林却开始担心起他的成绩，已经好几天了，没有看到十一学习过，她问我该怎么办，我说我和他谈谈。我问他这些天有没有给他妈妈打过电话，他说没打过。

　　我说："可是你妈妈每天都给我打电话，她总归不是想我，还不是想她的儿子。"十一没回答，又沉默起来。我又问他："你们最后分班了吗？你有没有学美术？"十一不耐烦起来："他们嫌贵，不让学。"我说："是这样吗？"十一回道："怎么不是这样？别人画得还不一定比我好呢，不也上了吗？"小林听到我们的争吵，从屋里走了出来，"那你画的画在哪儿呢？你拿出来我看看。"十一不说话。"拿出来啊。"我又说了一句，"另外，我请你坐起来，看着我的眼睛回答我。"

　　十一从沙发上坐了起来，他的眼睛和别人不太一样，上眼皮没有弧度，直直的有些不正常，他盯着你的时候会让你浑身不舒服。他看向我，不过我也看着他："和别人说话的时候，看着别人是一种起码的尊重吧。"

"我为什么要尊重别人?"他的话里充满委屈。

"你不必尊重任何人,你有这个权利,但请允许别人也以你的方式对待你。你尤其不用尊重我,没有我和你大姑的关系,我对你来说什么人都不算,可我已经认识了你,我知道你是个好孩子,我不忍心就这么放弃你。更何况你的父母?"

一说到父母,十一忽然加大了音量,"你们所有人都对我怀着目的,他们就是想让我以后养着他们,所以现在才会养着我。"

他说得理所当然,我有些愕然:"我对你有什么目的呢?"我问道。

"你,我暂时还不知道。"

"我承认,很久之前确实对你怀有不纯粹的目的,可是现在,对于我来说,你没有任何附加的价值,我不需要你来赡养我,也并不认为我有一天会依靠你。你妈妈,就是你觉得对你怀有目的的那个女人，她前不久给我转了 5000 块钱，我想请问，凭你自己，什么时候能赚到这 5000 块钱呢？你能干什么？你去端盘子，会和客人吵起来；去当保安，先别说你性格如何，你能在那站一个小时吗？你想学美术，可以，现在屋子里就有画板，你现在去画，只要你有一丁点儿的天赋，甚至你有表现出来这种意愿，我和你大姑就给你出这笔钱，让你去学美术。你不用担心我对你有什么目的，即使有目的，对于现在的你来说，也是利大于弊的，不是吗？"

看我一直没有停下来的趋势，他用手捂住了眼睛，然后拙劣地把两个手指从眼睛的位置分开，观察我。

"现在信息这么发达，手机上就可以学习画画，你学了吗？你喜欢这个东西，你为它努力过吗？还是说你这么想学，不过是为了高考给自己降分，那你未免把这一切想得太简单了。我认识的学美术的人，不仅不会放弃文化课，还会在学习画画之余，拼命地去补习，他们跑到北京，七八个人租一个屋子，每天手上都是写生留下来的颜色。你以为交了钱，就能考上大学吗？你太高看自己，也太小看别人了。"

他被我说得激动起来："考不上就考不上，我18岁就去死。"

"为什么是18岁，为什么不是现在？"

"法律规定父母要把孩子养到18岁，我就这样过到18岁，我不用当保安，也不用当服务员，我不用考大学，也不用像你们这样挣得少，事情多，每天像狗一样活着。"

我笑了，"我像狗一样活着，我吃的、穿的，都是自己努力得来的，你呢，如果没有父母，你连一分钱都挣不到，你捡瓶子都捡不过小区门口的大爷，所以你凭什么来评论一个靠自己的人？你说你爸妈对你怀有目的，需要你来养老，可你自己也知道吧，就你这种状态养活自己都成问题，他们把给你付出的钱用来去买保险，用来留给自己，比投资你要更有价值得多。你可以去死，但是也请聪明的你记得，法律确实要求他们养育你到 18 岁，但相应地，你也要尽自己的义务，赡养他们 18 年，你也要流你妈妈为你流的一样多的眼泪，像看护你一样，日夜守护在他们身边，这是你欠他们的。你能做到吗？"

十一不说话了，他用手指把自己的眼睛捂住。

我说："我知道你有病，但我从来也没有把你当成一个不正常的人，你需要更多的关心和帮助，没有问题，这我可以做到。你想做什么，只要说得出合理的理由，有行动，我和你大姑就会无条件地支持你。如果你对自己的未来没有那么清楚的认知，我也可以把我活成狗的经验分享给你。我会叮嘱你按时吃药，这都是我愿意做的事情。你说别人什么都不懂，更不懂你，没关系，我们两个支持你。你以为来不及吗？你的人生即使到了此刻，从你懂事开始，也不过 5 年、10 年，你还有多少个 5 年、10 年你知道吗？别人把你当孩子，你觉得自己是个大人，那我就把你当大人一样看待。你究竟知道这个世界是怎么样的吗？从明天开始咱们去跑步，跑完步以后咱们就去吃早饭，如果你不能早起，那吃不上饭不怪我，人与人之间总是很难平等，我创造了条件，提出了要求，但我尽量会给你提供你所谓的公平。菜市场你也知道在哪，如果中午的时候你去买菜，可以让你大姑帮你做，也可以自己做。你算好价格，然后把清单列给我，我会给你转钱，不然你就饿肚子吧。与其一味沉浸在自己的世界中，倒不妨去仔细计划一下怎么样才能过好这一整天。你很痛苦，你在意你的痛苦，别人很痛苦，你可以装作没看见，但你要记得，他人是你的痛苦，你也是他人的伤口。你活在这个世界上，那就先好好理解一下这个世界，就请你好好体验一下吧。你有什么想说的吗？"

十一还是从手指缝里看我，我补充了一句："这不是商量，这是你可以自己做的选择。"

第二天天蒙蒙亮的时候，我拉开十一的隔断窗帘，电风扇嗡嗡作响，他正在梦乡，我拍了拍他的肩膀，说了一声"走了"。他挣扎着起来，穿上衣服，"要不要洗漱一下？"我问他，他没精打采地摇摇头。我们就开始行走，到了楼下，天气不错，日光澄澈，惠风和畅，行人不多。我们出门向东走300米，开始左转，沿着公路，穿过一个小区，绕过路人和商贩，看到地铁在月季前疾驰而过，对面不远处是通惠河，那是我计划周末拓展的新道路。左转300米左右继续左转，整体上是一个方形的结构，我们出了门，我问："可以跑步吗？"他说："要跑你自己跑。"

我才想到自己也很久没有跑步了，我发现自己的肚子比他的大得多，我也沉浸在自己的世界好久了呢？从什么时候开始，又是从哪一刻发现的？

我深呼一口气，活动活动脚踝，开始了我还有十一已经忘记了好久的东西。我跑得很慢，他走得却很快，我注意到他穿着拖鞋（穿鞋对于他来说太麻烦了），走在不平坦的路上总是险象迭生。我们进入某一个小区，门口坐着乘凉的大爷大妈，路旁种着银杏树，影子就打在每个路过人的身上；另一侧的花坛里种着花，还有的种着菜，葡萄藤顺着树枝爬到几座孤独的平房上。十一害怕自己跟丢了，终于也踢踢踏踏地跟了上来。他有几次都差点绊倒，但我没有停下来的打算。谁都可以不承认自己已经长大，但时间赋予了你更强壮的体魄，更多思考的能力，好的或者是坏的；你已经不能像一个婴儿那样解决问题，更重要的是选择，不是你应该做出选择，而是你只能做出选择。

你自己决定自己人生的模样，谁能保证永远都能像影子一样去保护另一个人呢？即使有这样一个人，即使可以，那也是因为你本身发出了光，要知道在黑暗中，连影子也不能活。

　　我掐着腰在小区门口等他，不远处的道路隔离带上月季开得正浓烈，十一姗姗来迟，大口喘着粗气，我问他还行吗？他说有点痒。我想起他还有很严重的湿气，我向他道歉，说："那就不跑了，不过十一，我们的身体需要休息，也需要运动，需要肉食也需要蔬菜，你一动不动，看似很健康，但是内脏不会变得很虚弱吗？没有复合的营养供给你的身体，它又怎么会感觉良好呢？你出一出汗，杂质就会排出去一点，你的身体就会更健康。你千万不要觉得只吃药就可以，没有什么包治百病的药，也不会有所谓的唾手可得的人生，即使是打游戏，你觉得很畅快，那也要动动手指，只不过你忽略了手的重要性，或者，相较于生活，玩这件事情太简单了。"

　　我俩的聊天一般以我开始，也以我结束。路的尽头继续左转就能到家了，今天我们选择了右转，过马路有一间小餐馆，我平时会进来吃早餐，我们进去排队。

我对十一说："你想吃什么自己叫，我来付钱。"

十一有些不情不愿，"你怎么这么多事情？"

"张张口很难吗？"我反问，接着点了一碗豆泡汤，两个包子。我点好就在旁边看着他，"快点吧，别让后面排队的人等久了"。

他操着含糊的河北口音说："和他一样。"对面的服务员听不清他说什么，我说："和我一样，再来一份。"我们排队领餐，我问他："你会说普通话吗？"十一说："会。""那在这个城市请你说普通话。"

他又觉得全世界都亏欠他一样，"我为什么一定要将就他们？"

"十一，不是你将就他们，而是他们正用一种兼容的方式将就着我们。在一个有 2000 万人口的城市，人多到只是一种概念，我们只是分式中的一个分子。永远不要只用你的答案去求解，有些事情没有对与错。你用河北话没有问题，别人听不懂也不是问题，结果是你饿了肚子。"十一这会儿正坐在我对面，他吃了一口牛肉包子，回了我一句："吃你的饭吧。"

我们偶尔也会选第二条路去晨练，这段路比较远，从小区出发到目的地——兴隆公园，大概有 1.5 公里，往返就是 3 公里，我深知这对于十一来说是个难以完成的工程，出发前我试探地问他："我们这次换个路晨练吧。"

十一问："远吗?"

"不是很远，就在菜市场那边。"他略一踌躇答应了。我们便沿着公路向前，他慢慢开始换上鞋，洗了头发（但也不吹），风干以后依然油油的。我们走过大黄庄桥，他已经有些乏了，问我还有多远，我指着前面说马上就到了。又走了大概 800 米，他对周围感到很陌生，感觉有些警惕，似乎担心我将他遗弃一样，同时对自身的体能也是一个巨大的挑战，医生说过他的身体压力过大，那么他的极限就和我的极限完全不同，我清楚这点，只是加快步子向前又走了三分钟，他看上去有些焦躁不安，这时，我说："到了。"

我指着公园门口说："是进去逛一圈，还是回家？"他没多想，嚷着要回去。我们在中途停下吃饭，他已经能大声说出自己的诉求，在等待的过程中，他一脸坏笑，"你这个人真坏，就会套路我。"我说，"你之前也一直低估自己啊，你明明可以一口气走这么远。"

不知道从什么时候开始，我已经对他产生了一丁点的影响。估计连他自己也不清楚，何时对我再次袒露了心房，何时不再那么冷冰冰。我相信，他慢慢也可以适应这个令他陌生的世界，我把自己有限的耐心给到他。

我想说，十一，这一次，我不会再背叛你。

我能想到最好的事情，不是你变得多么懂事或者听话，而是有一天，你叫醒我，我们骑上脚踏车，骑过故宫，在北海公园的游船上做一个梦。做两个无所事事的人。

我们可以拥有现在，以及现在美好的感受，并将终生拥有它，只是之前没有人告诉你。或许有人跟你说世界是一场不断升级的竞技赛，只有赢，你才能获得丰厚的奖励。有没有可能，告诉你这些的，都是输家？有没有一种可能，他人给你设想的未来是不存在的，更像是蝴蝶的一个梦，被折断翅膀，忘记了天空，跌落到尘埃，被蛛网缠绕，长不出新的铠甲，身体布满细刺，变回一只虫子。或者，当蝴蝶在天际遨游的时候，她看见闪电、看见极光，被风轻轻托起，她并不刻意去哪里，只是随着季节而动，躲在一朵秋兰下安眠，甚至憧憬着化作一片残雪，落在冬天不再醒来。

　　她这样想着，一张网将她捕获，她是如此美丽，像一片树叶，一朵花，她被放在竹子编织的笼中，被剪短了翅膀，她飞不远，便不会遇到危险。屋里的白炽灯耀眼，她将不再感到黑暗。那人说你只有快快长大，才能抵御酷暑和严寒，蝴蝶太柔弱了，经不起风吹雨打，美好而易逝，你要成为野兽，成为哥斯拉，你要对死亡感到恐惧，才能体会活着的意义。那人将你带到窗口，说："那时，你才能看见星星。你瞧，那些闪烁的光点，多么美丽。当然美丽啊，他们不知道你的翅膀闪烁的就是星光的波澜。"

　　偶尔十一会和我一起称体重，但他说自己不减肥。有时我在夜里伏案写作，看见我的灯光未灭，他也会推门进来闲聊两句。那一阵，我感觉他不再那么遥远。我问他我写得怎么样？他回答看不懂，但写得比他好一点。

我理解这是他赞扬别人的一种方式，于是我很开心。我感觉有几次他想向我道歉，为了自己曾经的无礼行为，但话到嘴边就停住了，他努努嘴，说了句"早点睡"。

小林下班回家的时间比我早，她告诉我，最近十一能坚持着写完作业才玩手机。小林说："真没想到他变化能这么大，比刚来的时候强太多了。"

我说："这其实是很简单的事情，他的问题并不是全由他自己造成的，像他这一代人，和我们的思维方式可以说完全不一样，他们从小就接受了海量的信息，而这些信息并没有人来为他甄别，那种令人眼花缭乱的生活又有谁能抵挡得住呢？可是大部分人的生活往往像平静的水，毫无波澜，这不是他想要的。最重要的是，他缺少了爱，不是哥哥嫂子不爱他，而是这爱是尊重和理解，是关切和帮助这几个字，又有多少个家庭的父母能做到呢？心里没有孩子的自然不必说，即使有，我们这一辈人大多数所受的教育就完全不适用于十一他们这一代。在他们这个年纪的时候，我们对世界的认知是迟钝的，那没什么不好，就好像你，挨顿训就像家常便饭一样简单，因为这是你觉得正常的地方，大人和小孩子有很大的区别，孩子本来就依附于大人。你记得自己说过吗？小时候被人说别插嘴，你很委屈，可是最近你却觉得，小孩子的眼界不对，不成熟，大人说的是对的。你不知不觉中成了你曾经憎恨的人。而十一，他受到了更多的教育，至少是知识层面的，他见到了比父母能看见的更辽阔的世界（尽管这只是一个不那么真实的角落）。他觉得自己更理解规则，更了解真相，觉得能凭借自己得到想要的一切。但我们都知道，他过于悬浮在幻想之中，我的存在，只是中和了他对现实的敌意（在现实中，肥胖、多病、情绪化、无能为力、像个废物，我不也是这样吗），也是给他一个倾吐的地方，不用独自一个人承担那么多痛苦和秘密。"小林开始反驳我，反驳有效，我只好说："也可能是我这个瞎猫碰上了死耗子，我们歪打正着。"

当他遇见一座憧憬死亡的孤岛

　　十一的情绪并不能一直保持稳定，他的手机里藏着什么秘密。我们关系渐渐密切，我有时会要他的手机过来玩游戏，他对我不怎么设防，把手机给了我。他玩的游戏种类很多，但整体偏暗黑风。我边玩边劝他阳光一点，身体会成长，情绪也是一样的，和植物一般要进行光合作用，从生物学角度，阳光和人体、精神也会发生奇妙的反应，就像种子破土而出，流水冲出峡谷。反过来说，缺少了阳光，植物就会枯萎，人不也是如此吗？十一问我："那玩什么？"我说："愤怒的小鸟？""连小孩子都不玩。"他躺到一边，我看到他手机上忽然传来了一个消息，是一个女性的头像，"你一定不会爽约吧，咱们可是说好了等你 18 岁的时候就去死。"

嘉树，我本来不该过多干预他的隐私，可是我知道对面那个人，一定不是一个抑郁症患者，我之前说过，因为十一的缘故，我混迹于贴吧、微博，尽可能地搜集相关的资料以期望能为他带来一点帮助。我感觉到他们的行为有时那么的令人难以理解，可是他们的内在却又那么让人心疼。他们是那种想把所有都埋葬在心里的人，他们没有感受到世界的美好，却深信美好的存在，他们宁可伤害自己，也不想去伤害别人。

　　我看到十一没有注意，颤抖的手点开了那个不停闪烁的头像，那是一个叫 Alice 的女孩，我只扫了一下里面的聊天内容觉得惊悚万分。但这时十一似乎有所警觉，他问我怎么还没玩完游戏，我立刻从聊天界面中退了出来，抱怨这款游戏玩起来没意思。他把手机夺了回去，嘲讽道："你不会玩罢了。"我抑制不住地冒冷汗，我强装镇定地跑回自己的屋子，大口大口喘气，想着接下来要怎么办。Alice 只和他讨论一个话题——死亡。

在她的描述中死亡是一种解脱。他们的生活被全面否定，原本以为是救命的稻草，拼命抓住时才发现那是一张狰狞的人脸，那张脸有一种魔力，把人牢牢地吸进去，他的语言仿佛来自异界，低迷连续又深沉，让人无法抗拒。

我需要了解更多，只是机会很少。小林说他们曾经共用的同一个密码早就被十一换掉了，我要不要跟他谈一谈，我一时半会儿也没有了主意。我们仍然每天早起跑步，基本是最开始的路线，这段路要走 20 ~ 30 分钟，我会说很多很多的话，我会讨论今天计划去哪儿吃，想吃什么，有时我给他几个选项，有时他自己来指定食物。我们吃饭的时候他跟我抱怨说，这里的饭一般般，没有他妈妈做的馅饼好吃。

我说："你不早说，你早说了，就让你妈妈那天多烙几张馅饼再走。"他有些得意，得意比我更有吃的福气。一整天其余的时间我都不知道他干了什么。我又回到公司，在已经岌岌可危的峭壁间行走。我忽然醒悟过来，我为何把眼前的窘境当作绝路，因为钱吗？我需要钱来维系生活，但谁又不是如此呢？因为别人的关心？惋惜我丢掉大家看来还不错的工作，可是只有我自己知道啊，这只是活着，像一个工蚁那样，是群体中的大多数，善于步行奔走，主要职责是采集食物，饲喂幼蚁和蚁后。没人关心大多数，连他们自己也不关心。

可是，即使风烛残年，蝴蝶仍然可以振翅飞翔，她的眼里有 3 个、30 个、300 个世界，绚烂多姿，她只经过，经过一簇水仙因为暗香浮动，经过一条溪涧因为流水潺潺，经过一片秋叶陨落的静美，经过一朵白云下留下的浓荫，她从不为了这些东西烦恼，她只经过，不停留。

生活还在继续，太阳每天升起落下，地球像上一秒那样转动，可我却不知道从什么时候开始停下了。身体的机能在运转，人生却成了此时要走上的森森峭壁，随时都会力有不逮，随时都会倾覆。

我感到不舒服，晚上刚下班就准备离开。我看见老板的目光正从厚厚的眼镜片后面射过来，这都让明天的我来处理吧，到了明天，我要申请我的年假，好好休息几天。为什么不呢？我跑回家，但并不是急切地想要回家，就像我和十一一起散步一样，起点、终点都无所谓了。想起上次散步的时候十一和我发生了争执，他总问为什么要自己去向这个世界妥协。

嘉树，我不是一个哲学家，我回答不了他的问题，我总不能说本来就是这样啊，约定成俗的东西，有的人生来富贵，有的人天生贫穷，有的彪炳善良可能正是因为缺少善良，抽烟的人也可能长寿……我往家的方向跑，树枝被风吹向同一个方向，鸟伸展出翅膀……我到了小区门口，几个孩子正在小广场上游戏。我走出电梯，静悄悄的，声控灯没有开，黑漆漆的。我打开铁门，十一正歪倒在沙发上，他稍稍坐了起来，然后说道："回来啦。"

我坐在他旁边，他向一旁靠了靠，然后一边玩手机，一边问我："怎么了？不高兴？"见我没有反应，他开导我："你不是总说我想得太多吗？我劝你也别想得太多，我知道这感觉，挺没劲的。"

我坐了一会儿，看他打完游戏，把手机要了过来，说要玩两把。我让他给我调成简单模式，他嘲笑我是老年人，我问他想不想喝点什么。"喝什么都行吗？"他好久没喝饮料了。"喝什么都行。""你出钱？"他怕有诈，又问了一句。"当然我出钱，不过要你去超市买，手机我还得玩呢。10块够不够？""大哥，这可是北京。"他也不管我们之间的辈分，要说我比他大十几岁，被叫哥好像也没什么问题。"那就 20 吧，不能再多了。"我掏出钱，"你知道超市在哪儿吗？""这不是废话吗？我又不是小孩子。"他麻利地换好衣服，拿着钱跑了出去。我靠在沙发上，对着门的位置，窗外传来孩子的哭闹声。我退出游戏，打开了他的聊天软件，最上面有两个鲜红的点，显示 99+ 未读，第一个仍然是 Alice。

Alice——世界上最孤独的鲸鱼，因为只有她发出 52 赫兹的频率，唱歌的时候没有人能听见，悲伤的时候也无人理睬。我点进那个可爱的头像，十一已经好久没有回复她了。

"你在哪？手机不会被没收了吧。别怕，你去哭，去闹，他们一定会给你的，你的东西别人没有权利夺走。"

"你为什么不回复我，我知道你看到消息了不是吗？我以为自己找到了一个世界的人，原来不是吗？"

"你这个懦夫，还打算骗自己多久，我们都知道，不可能回到以前了，没有过去，没有现在，没有未来。"

　　我一页一页翻开他们的聊天记录，信息多到我怀疑十一是个话痨。我快速地浏览他们的谈话内容，发现他们是从十一刚上高中的时候加上的。我点开这个人的主页，用另外的手机号申请好友，设置了提示，我不知道该怎么回答，胡乱填写了几个，一直也没通过验证。我继续用十一的手机去翻看她的空间，这时信息到来的提示响了起来，"你拿到手机了是吗？是哭，还是闹，你没有搭理那些自以为是的人吧，他们不过是想要利用你，等你没有价值了，就可以把你随便扔到一边去了，就像你的妈妈那样，还记得吧，你有了弟弟妹妹后，她还抱过你吗？不是吗，你还想这样下去吗？你怎么不说话？我看到你在浏览我的主页。你是谁？"

　　头像突然黑了下去。她似乎很警觉，又神秘，像是一座岛屿，怪石嶙峋，迷雾笼罩，是故事里被打上叉号标记的岛屿，不过这里埋藏的可不是令人趋之若鹜的宝藏，这更像是被诅咒的不祥之地。十一就像迷失航线的船被女妖的歌声吸引而来，被世外桃源的假象哄骗进来，想寻找外界没有的光，他只是抑郁了，不想被人说特别，被人认为是博同情，会突然痛，忽然难过……

孤岛

另一个消息框也不停闪烁，我忍不住点开。他叫孤岛，他们的聊天看上去正常很多。

"我不想在这个城市里继续待下去了，这个城市里有太多不好的回忆在纠缠我。你说假如是你的话，你会怎么办，我想去昆明，我在那里有一个面试，我也很向往那个城市，我和老板已经沟通过了，他很看好我。但这里有我熟悉的一切，我之前所有的圈子都在这里。"

"那你不妨回家？"我也不管他们之前聊了什么，自顾地劝解道。

"我不能就这么回去，我现在唯一的动力就是父母了，这样回去，他们会伤心失望的。"

"不会的，无论你怎么样，只要你回家，父母就会一直在。"

"是你，你会怎么选？我肯定不会回去了。"

"你在问我这个问题的时候心里不是已经有了答案了吗？"

他发了一个笑脸，说道："其实我就想静静地让生命流逝。我现在的状态很不好描述，就是很懒、很嗜睡，莫名其妙地爆哭，我去看医生，不知道该怎么说。我是父母最大的错误，一直都让他们失望。我想去昆明，那是个好地方，我想能重新开始，我不想死，我还想把父母接到身边。你说我可以去昆明吗？"

"其实你早就有了答案吧。但你要记住，现在这个阶段，不要给自己太多的压力，你先把身体养好，去请医生介入，身体比你更了解你自己。开始吃药，然后找个简单的工作，投入简单的生活，把心里的不愉快放一放。闲暇时间，你可以晒晒太阳，看看书，好好感受那种让自己最舒服的状态。然后用心去维持住这种状态，你要相信自己会越来越轻松，越来越好。不要沉浸在情绪里，情绪属于你自己。你要尝试去控制它，当然不一定一下子就成功，但要笃定任何事情都有一个过程。你要从眼前的世界走出来，你可以慢慢经营自己的人生，不必太急。"

他沉默了好久，过了一会儿，说："我可以信任你吗?"我说："此时此刻，是可以的。"

门突然响了起来，我把界面返回到游戏。十一买了饮料，还买了巧克力派，他爱吃这种甜腻腻令人发胖的东西，也有可能是里面堆积的糖分，让他分泌了更多的多巴胺，从而让他的身体和精神能产生更加愉悦的感觉，这种感觉在支撑着他。从很久很久以前开始。

嘉树，我从他的话里看到很多人的影子，我知道他是真实的，作为一个萍水相逢的人，我知道这很难，但我希望这些浅薄的话能帮助他开启新的人生。一个人的力量和时间终究是有限的，更何况这人自己还处在水深火热的人生里，但尽自己的所能，去帮助一个人，这是我不会拒绝的事情。

第二天，我又找打游戏的机会要到了手机，这次比之前容易很多。孤岛发了自己去昆明的照片，下午他去逛了斗南花市，说那里的花便宜得像市场的白菜。他说他搞砸了面试，那个老板要把他升级成合伙人，意思是挣了很多钱以后，他也会有很多钱，但是眼下还不行。他不能没有住的地方，晚上他在20块钱的小旅馆住了一宿，很吵，很闷，有蚊子，但他睡得不错，要不是服务员过来清理房间，他还不知道自己要睡多久。

"我已经习惯了，我总怀疑自己某一天会一睡不起。"他说，他洗了一把脸，走到楼下要了一碗10块钱的饵丝，饵丝比米线有嚼劲。在广场晃荡了一下午，一群同龄的年轻人在那玩，他感觉到了他们的幸福。他不知道自己为什么又哭了，打字给我说：先把身体养好，医生介入，找份简单的工作，晒晒太阳，多运动，维持住这种状态，保持轻松，要相信光，把一些过去的不愉快放一放，不要沉浸在情绪里，尝试控制它，慢慢经营自己，不必太着急。他说我不必回复他，他只是需要这些字支撑自己。那天下午，他找到了一份在面包店的工作，他告诉我，那里管住，工资虽然不高，但是能活下去，最重要的是他喜欢闻面包的味道。最后他说，我现在唯一担心的就是明天自己会睡过时间。我说，那就多定几个闹铃，让它们叫醒你。

感谢命运，给予的美好体验

这两天十一并没有表现出什么异常，我晚上回家的时候，他会坐起来和我打个招呼。他看着我，眼神很奇怪，欲言又止，只是我没有多想，我也在被自己的事情困扰。我觉得自己已经很关注他了，只是我回到屋子后才想起来，他一定知道了点什么，有哪个环节被我遗漏了？我细细回忆起来，想着为数不多的对他的欺骗，忽然一道闪电在我心中转瞬即逝，就在那个瞬间，我忽然意识到，虽然我退出了聊天界面，但是我并没有删除聊天记录。十一应该已经知道，我用他的手机看到了那些信息，包括 Alice 和孤岛。我刚想出门，发现一道目光正在门外窥视我，十一的眼神在他很平静的时候也是冷漠的，我无法形容那种神情，像美杜莎，每个和他对视的人都要被石化，他站在你面前，那目光直抵你的内心，想要把你撕碎。我被他吓了一跳，问他怎么了？没想到他竟然进到我的房间，他说没什么事情，就进来坐坐。我把他让到床铺旁边，"外面白天如果热的话，你记得进来吹吹空调。"我的屋里除了一张床之外，还有一个小小的书桌，我对他说："如果你上网课不方便的话，你可以来桌子这学。"

嫂子前两天打电话过来，询问十一的学习的时候我才知道，因为觉得英语很难学，不利于他升学，十一把自己的语种改成了日语。十一说："网课是每天5点到7点，你回家的时候，基本上已经学习完了。"

"日语好学吗？"他挠挠头说："反正比英语好学。很简单。"

"简单也没看你念叨过，对了，过两天要去复查了，你的《滕王阁序》背会了吗？还得交作业呢，到时候别又丢脸了。"他说自己背会了，我让他背了两段，他的语调短且急促，像极了初中时着急吃饭或为了彰显自己记忆力好而快速地默念，他真的背下来了，我以为他会敷衍着不去做这件事情。

我对十一说："你比我厉害多了，我像你这么大年纪的时候背东西也很快。那时觉得只要自己愿意，没有什么学不会，没有什么记不住，可是到如今才明白，人没有自己想象的那么强大，不管精神还是肉体上，他们都会随着时间的运动衰老下去。我都好久没有背过文章了，连读一遍都没那么容易了。"

他跟我闲聊了一会儿，就出去了。他究竟想对我说什么，他会不会再次向我发出了什么信号？

我这两天没有看他的手机，时间已经不知不觉来到八月，我们第二次准备去往医院，上次是三个人，这次只有我们两个。步行到传媒大学地铁站，周末的缘故，开往远郊方向的地铁上人并不很多，空了很多位置，他坐在我的斜侧方，倚在栏杆上，他已经渐渐熟悉在这里生活的一些浅显的规矩，并很快地融入其中。下地铁的时候，酷暑的风吹得人脸颊发烫，步行去医院。我问他还记得路吗？他说试试，我就跟在后面当一个参观者，在经过漫长的旅程后，我们来到医院，我陪他进去。医生问他吃得好吗？睡得好吗？他点头附和。医生问他最近情绪是不是稳定了很多，有什么不舒服的感觉吗？十一说一切都还好，好像没有什么变化。没有变糟，是不是就是好，他这次声音大了很多，说还行。问诊的前后时间大概不到三分钟，医生约定好下次来访的时间，接着说道："那就继续吃药吧。"他没有让十一背诵《滕王阁序》，他可能忘记了。一个人有时连自己的事情也想不起来，忘记别人的事情也很正常。

我让十一出去等我一下，他便出去了。我对医生说："大夫，他还要吃多久的药？才算好呢？"

"你问这个干吗？"

我说要不了多久，他就该回家了，他的家在外地，还在上学，总来北京也不太现实。医生说："他这种情况，不是一两个月就能有定论的，至少要连续吃一年的时间，我们看看效果做一下测评，才能说是个什么样的进展"。"那请您给他多开些药吧，让他带回家，我会叮嘱家里人监督他吃药的。"医生说："可以的，那我就给他多开两周的，你添加这个小程序，到时候可以免费线上问诊一次，有问题就在线上联系我，也可以在上面说说他的症状，我再按照他的需求给他开药。"我说好的。我添加了医生递给我的二维码，拿着开药的单据准备出去，在要出门的时候我转过头对医生说："他已经背得出《滕王阁序》啦。"洋洋洒洒700余字：

落霞与孤鹜齐飞，秋水共长天一色。渔舟唱晚，响穷彭蠡之滨，雁阵惊寒，声断衡阳之浦。

……

嘉树，我想对十一说，我们这一辈子会遇见不同身份的人，父母、同学、朋友、老师、爱人，倘若有人在我们的生活中给予了无限的关怀和包容，这是一件幸运的事情，但绝不是理所当然的事情，所以在寂寂旅途当中如果遇到了这样的人，就应当感谢命运的垂青，这是我们人生当中难得的体验。如果没有遇到，自己就去做那样的人，不也很好吗？

夏日的闷响，有可能来自垂柳上的蝉鸣，有可能来自掠过天际的飞机，有没有可能来自胸腔和心跳的共鸣，每一下，气压降低，呼吸困难，让我想起自己曾经坠入湍急的河流时的遥远夏天，草叶发黄，树叶打绺，内心却感到不可名状的寒冷，身体不断下沉，上浮，我想张嘴呼喊，只有浑浊的水涌进来。在水里的时候，我睁着眼睛，现在想起来，里面并不怎么黑暗，反而是那么幽静，耳边只有水穿过身体的声音。我越用力，泥土越拉紧我的脚，照在身上的阳光竟然变得柔和，不再那么刺痛身体，绿色的水草，向深处蔓延，成了影子，我忽然碰到岸边、泥土、分叉的树根，得救了。坐在岸上，脑袋昏昏沉沉，鼻腔、耳朵流出水，它们滑过皮肤，如同一条蛇在游走，我被蒸发的水缠紧了，几乎不能呼吸，就像我和十一回家时的沉默。

"医生说至少还要吃一年的药。"

"那就吃吧。"

"这是精神类的药物，一定要按时按量按要求吃，要不然也许就会前功尽弃了。"

"知道了，我会吃的。"

"吃了这个药有什么不舒服的吗？"

"吃完药之后，有时候会恶心，想吐。但时间不是很长，缓一会儿就好了。"

"如果有更严重的反应，一定要说。"

"知道了，先吃着吧。"

我猜他还有一个最终的想法，万一好了呢。

万一好了，他不知道那是一种什么状态，至少不会觉得活着是一种痛苦了吧。活着应该是很有意思的事情。他想不出多有意思，那就为这个想不出继续坚持下去。

我们回到家，他瘫倒在沙发上，我也回到了自己小小的房间。过一会儿，我要起来，去做一些工作，还要给嫂子打个电话，叮嘱她十一回家之后吃药的事情。她对药物本来就不甚了解，不知道听到儿子要吃那么久的药之后会是什么反应。还有什么事情，想不起来了，给家里打个电话，问问他们是不是一切安好。要不要去买一个西瓜，晚上等小林回来的时候一起吃。头发似乎有些长了，要不要去剪一下？刚才回来时门口剃头的阿姨还和我对视了几眼。肚子也真真切切地变大了。窗户外面的鸟好吵，有一座建筑正在夏日拔地而起。楼下不远处的学校操场很空旷，里面的大杨树叶正舞动着，我看到的风很大，仿佛来自过去，又好似出于未来，想着普通到如树叶一般悄无声息地飞落，可仍然舒展着自己的脉络。我躺在床上，最终什么也没有干，因为觉察到了累，就带自己进入一场无事发生的梦里。疲惫是进入梦境的入场券，在这场梦的剧场里，我们可以什么都不用做。

请原谅我，一个 30 岁的孩子

晚上小林回家带来一个消息，说妹妹一家打算来北京玩几天。我们三个坐在一起，分析事情会如何安排。妹妹、妹夫加上两个外甥女、一个外甥，总共是 5 个人，我家里只有两间卧室、一个沙发，再加上我们 3 个，总共是 8 个人，妹妹给小林打电话说让她买点爬爬垫，到时候太挤了就睡到地上。

我对十一说："你大姑怕吵，只能自己睡，我可以去她那屋打地铺，你老姑可以带着 3 个孩子睡在我的这张单人床上，这样一来，只有你老姑夫没地方睡，估计到时候就只能跟你挤挤了。"十一一下子表现出为难的样子："别让他们来了，我可不想跟老姑夫一起睡，他呼噜声像打雷一样，来干什么呀？这么热的天。"

我和小林在一边哈哈笑，看着十一紧锁眉头，小林说："你先不用这么不耐烦，还不一定上咱们家来呢，先给他们订上票，故宫、颐和园、圆明园，这些地方总要去一下。"我和小林商量了一下，出租屋确实很小，这么多人住在一起不是很方便，况且离景点的距离也不是很近。如果他们一定要来这儿住的话，那就定一个酒店，靠近地铁，去哪里玩都很方便。妹妹的另一个选择是去三姨家，三姨家的表弟在北京买了新的房子，装修得很漂亮，我觉得她更倾向于选择那里。

隔天晚上，妹妹给小林发消息说："就怕去表弟家太打扰人家了，姐姐，要是去你家住哪？你帮我拍个家里的照片吧。"到这，我们也猜不透她到底是什么想法，但是看到许久没有收拾的客厅，我们还是商量着先打扫一下。我们家目前有四处领地：小林的主卧，分配给她自己收拾；我的侧卧我来处理；另外我还要承包厕所、厨房这些公共区域；十一的客厅，是门面，这块区域交给他来收拾。我说明天晚上回来要验收的，一定要好好弄。十一满嘴答应，我们便收拾起屋子来，忙活了一个晚上，十一早早地睡觉了。

早上我又叮嘱了一遍后，骑车去上班。公司今天组织架构进行了大调整，领导在会上对当下的业绩进行了全面的否定，其中发行部门首当其冲，发行领导当场提出辞职，一并离开的还有几个工作多年的老员工。其他部门的人噤若寒蝉，生怕受到牵连。公司在当天成立了新媒体部门，寄希望将线下的销量转接到线上来。我们之前是服务于发行的，由此导致图书推广方向受到了巨大的冲击，我的本职工作也开始处于一个非常尴尬的境地。

最让公司人心惶惶的是，领导不断提及降本增效，要员工学会奉献，并且已经开始着手约谈相关的同事，一时间风声鹤唳，一种微妙的气氛开始在工位间散播开来。它曾经辉煌，它曾经守成，它曾经防御，它如今溃散起来也好似千军万马涌来，没有一丝的停滞。有的人在观望，有的在试探，有的已经空了位置。嘉树，我如果不是带着这样的情绪回家，也许也不会发生接下来的事情，它差点让我后悔终生。但这也使得我和十一这种微妙的关系发生了新的变化。至今为止，我也不知道该算是好事还是坏事。

我回到家时，已经 8 点多了。打开门的时候，十一正得意地望着我，可是我对天发誓，屋子里和我走的时候没有太大的变化。我觉得他是一个谎话精，一个懒汉，一个一点不知道为他人考虑的自私鬼。我不知道自己为什么要耗费这么多的耐心在这样一个没有心的人身上。哪怕他没有答应我，我还可以把他当作一个生病的小孩，但是自己说出来的话却弃之如敝屣，让我一瞬间失望到了极点。

我从门口向前走了两步，直勾勾地望着他，"给你一天的时间，你也没收拾屋子吗？"十一反问道："我收拾了，你看不出来吗？"我指着旁边那些没有变化的、空的快递盒子、散落的杂物，说道："这就是你收拾的屋子。这里，这里，有什么变化吗？就这么一点活，糊弄，你糊弄谁呢？糊弄我还是糊弄你自己？"

　　十一仿佛受了多大的委屈一样，"你又没告诉我要怎么收拾，我觉得已经很好了，你看不到吗？"他眼里噙着泪，这次他没有闪开我的视线，好像错的人是我一样，"为什么没有人认同我？"他质问起我来。"好，就算你收拾了，这就是最后的结果吗？等哪天你老姑来了就给她看这样的客厅吗？"

　　"和我有什么关系，你们爱怎么样就怎么样。"
　　"是和你没关系，可是和你大姑有关系，那是她的妹

168

妹，她来北京看她的姐姐，就让她看这样的屋子吗？她会怎么想她的姐姐，只让你收拾你自己生活的这一点地方，有那么难吗？就算你收拾了，收拾成这样，就不能说了吗？就你最委屈对吗？"

"对，我就是委屈，我明明已经做了，为什么你还要这样对我。"

我走到他面前，"做了就够了吗？我告诉你不够，你大姑是搞建筑的，一座建筑承担着多少责任你知道吗？如果她也像你这样，做了，不去看最后的结果，有多少人会因为她的不负责而受到巨大的隐患和威胁；你父母，每天去地里干活，如果只是随便除除草、打打药，如果他们两个只是去随便摘摘枣，那拿什么来养活你们？还有我，每天去公司上班，别人安排我的工作，我只应付过去，我还能继续留在公司吗？每个人都会做很多的事情，但有时候重要的是这件事的结果，给你一张试卷，你写的都是错误的答案，你做这张卷子的目的是什么？如果这就是你今天要交的答卷，那么我告诉你，不合格。

好了，我说完了，现在我要和你大姑打扫卫生了，至于你，自便吧，爱干什么干什么。"我转身进屋，这时外面传来了摔门的声音。

小林问我："他怎么跑了？"我说："他收拾成这样，我说了他一顿。"小林说："我今天下班回来的时候他问我来着，问收拾得怎么样？我说还行。"

"还行？"我问道，"就收拾成这样你还觉得可以？"
"我看他把那边的桌子擦了，厨余垃圾也拿去扔了，还拖了地，真的干了不少活。"

"我刚才把他骂了一顿，你听见了也不出去制止我。"
小林说："我以为你们随便聊聊呢，才察觉是吵架这不就出来了。先别说这些了，这么晚了，他一个人不安全，咱们先把他找回来。"

我拨通了他的电话，振铃声从沙发上响了起来，他没带手机。小林有些着急，"他哪里也不认识啊，咱们出去找找吧，别想不开了。他本来情绪就不稳定"。我说："先别慌，他认识的地方有限，我估计就是那几条路线。我们先去沿着这些路看看。"

我拉着小林的手出了门，她的手上汗津津的，我故作镇定："没事的，他走不远的，你应该比我了解他。"我们下了楼，小区门口有一个眼熟的阿姨，我问她有没有看见过十一，她说没注意。我选了我俩经常逛的"方"字形路线，一路上还看了看犄角旮旯的地方，我怕他躲进那里。我们走得很慢，生怕错过某个可供他容身的地方。

天气沉闷，似乎预示着风雨要来，我们很快出了一身汗，这一圈一无所获。我们又去了不远处的齿轮厂，在马路的对面，原本是一座废弃的工厂，后来被改造成了一个产业文创园，有很多室外的楼梯。拾级而上，在二层有一条连接很多建筑的长廊，我偶尔会带十一在这里看树和夕阳，但是今夜树躲进阴影中去，夕阳已经下落，十一也没有了踪影。"他能去哪里呢？"再次一无所获之后，小林焦急地问道。

"我们先回去吧，这么找不是个办法，一个人想在北京这座城市藏起来太容易了，只要他走进我们也不知道的胡同，哪怕找一个晚上，也无济于事。"

"他不会想不开吧？"

"他不敢。"我略微踌躇地说道，我感到小林微微颤抖，"他要是敢呢？"

我没答话。

"要不要告诉哥哥嫂子？你可是答应要好好照看人家的孩子。本来在家的时候，就算有问题也好好地活着的。"

"先不告诉他们，现在告诉他们，除了让他们着急，情况也不会变得更好。我们先回去收拾东西吧，等到 9 点的时候，他再不回来，我就报警，到底怎么样，明天再和他们说。"

我们俩回到屋子，沉默地打扫了起来。我听见门外有声音，赶紧跑过去开门，却发现走廊里什么也没有。"是十一回来了吗？"小林也探头问道。我说："没有，我下去倒垃圾。"我拎着垃圾下楼，垃圾桶在小广场的栏杆外面，我看到有个人影在角落的椅子上，我又细细看了一眼，阿弥陀佛，正是十一。

我佯装不知道，快步上楼，小林正把快递码整齐。"我看到他了。在楼下小广场。""怎么没叫他上来？"小林松了一口气。"我们的爱也不应该被挟制。"

我再次下楼，他还在那里，似乎在望着我，我走过去问他："你在这干吗？""坐一会儿。"

"喂蚊子？"

他没说话。

"不上去吗？"我又问道。

"一会儿就上去。"

"你的活还留给你呢。"

他说："知道了。"

我又离开了。

第三次下来的时候十一不在了，看我离开后，他跑了上去。小林说她当时正在收拾屋子，十一一声未吭，跟在她的后面，吓了她一跳。小林说："回来了？"她告诉我当时十一仿佛做错了什么一样，等待着来自大姑狂风骤雨一样的训斥，但是小林没有再说其他的话，"那你去沙发上休息一下吧。"十一买了一堆好吃的，他把东西放在茶几上，然后拿起垃圾去倒，我们在楼道碰面

174

了，尴尬对视了一下，等他再回来，屋子已经收拾得差不多，变得亮堂堂的。我说："看到了，至少这样，能让别人看到咱们的重视。"他把自己买的巧克力拿出来分给他大姑。

我问："我可以吃一个吗？"他说："你自己要吃，谁还拦着你吗？"于是我拿了一个吃，"不过这个是我给弟弟买的，你别给我吃完了。"我白了他一眼，没一会儿十一忽然说道："你们俩真狠，我出去这么久也不知道去找我。"我本来不想告诉他，但还是没忍住说道："我们找了你快一个小时了，你再晚出现10分钟我就要报警了，你大姑都快急哭了。我不应该告诉你这些，我不想告诉你我们有多在乎你。还有，你究竟跑到哪去了？"

他听完我说的话，一言不发，转身进了厨房，拿出一根胡萝卜，然后啃了起来，"就是去公园的那条路。"

"你竟然第二次跑到公园了？没想到啊！"

"没跑到公园，跑到那个公交站牌下面，我在那坐了20分钟，以为你们该来了，结果那么久都没到，我就回来了，然后去了趟超市。"

"你可真不会亏待自己。"他继续啃着萝卜，像怀着某种目的，这可也真是稀罕事，小林有些好奇："你不是不吃蔬菜吗？我记得你之前没有吃过胡萝卜。"十一点点头，说自己从来没吃过，这是第一次。小林问道："那怎么突然想起来吃胡萝卜了？"十一向我努了努嘴，不怀好意地笑了："我把它当成他，我吃胡萝卜就当吃他了。"我说："我是欠了你多少钱，让你这么记恨我，不过也好，请你保持这种感觉。如果之后你有看我不爽的时候，不仅可以吃胡萝卜，还可以吃洋葱、圆白菜，没想到我还能打通你吃菜的大门，这也是好事。"

等他吃完胡萝卜，又回到沙发上，我坐到他的对面，说:"今天的事情并不全怪你,我不清楚你大姑已经认可了你的这次劳动,所以它应该是合格的,错在我身上。但十一,虽然现在说这样的话好像是在给自己找借口,但我还是要说,逃避解决不了任何问题。你这种惩罚自己与别人的方式,只会让彼此更困难。眼下,我倒是有个比较好的方式,如果你觉得还有气的话,我允许你打我一拳出气,也不一定非得吃胡萝卜。""真的?"我把上衣拉到胸口,"那有什么是假的?"

"这可是你说的?"我有些后悔了,他把袖子撸起来,像大力水手一样抡了好几圈,我绷紧了劲,迎接着他势大力沉的一拳。那一拳很快打到我的肚子上,我能感受到他的力度,不比我对他的误解轻。我装作没事人一样,看着他错愕的眼神说道:"所以我就跟你说,让你好好锻炼,没有一个好的体格连打人都不会痛的。""那我还是去吃胡萝卜吧。"我揉了揉肚子,"其实还是有点感觉的,不过我赌你的手更疼,哼。"

小林把照片给妹妹发了过去，思虑再三妹妹表示要住到三姨表弟家。十一听到这个消息说："不来不早说，又折腾了我一顿。"十一离家出走的事情就此告一段落。嘉树，他敢出走是一种勇气，他敢回来何尝不是呢？终究是选择了面对而不是一味地逃避。我没有说我自己，我的大道理让自己脸红，我对他的误解差点让自己遗憾终身，我的很多行为不也在无形中将他推向了自己的反方向吗？推向那熊熊燃烧的火焰。哪怕我也是一个生病未愈的人。

在独属于你的世界，找到生活的意义

这段时间他偶尔也有早起的时候，不用每次跑步都要别人叫，有时他穿好衣服，在那没精神地等着我。"洗把脸，会精神点。"我一边提鞋一边告诉他。"洗过了，我那是天生眼小。"我挠挠头，我们出去的时候，外面下了雨，不是很大，微微落下。"要不然回去？"我说。"这点雨算什么？跑吧。"

"好。"我不想打击他的积极性，我们就在路人迷惑的眼神中，跑了起来。雨水落在头发上，落在衣服上，身上已经微微发潮，但不知道为什么我的心情却明媚起来。雨势渐大，我们躲到道旁树的叶子下面，看对面墙上的爬山虎，绿油油的一大片，正恣意盎然地生长着。

过了一会儿，十一问我，"我该怎么和别人交流？我很想融入进去，但却做不到"。嘉树，我只是比他年长 15 岁的孩子，我的人生过得并不比他顺利，况且这大千世界有无数种人，他见过，我没见过，我了解，他不了解。可我愿意分享，哪怕一个错误的答案，他不一定按照我的设定前行，但最起码他能有一个新的选择。

"一切问题的根源在于边界感，你不必太在乎别人，也不用要求别人太在意你。"

"那是什么意思？我不用在乎你吗？你不会难过吗？"

"不，我会难过，但我不希望你因为太在意我而失去自己。当然我知道，这是不太可能的事情，我对你来说还没有那么重要。你可以去试着重新认识周围的人，你的父母疏于对你的关心，是不是真的不在意你，可是在我的眼中，他们对你的爱是那么炙热。有时候，他们和你的认知并不一样，对于八九十年代出生的一部分人来说，能吃饱，有学上，就是最大的奢望了，他们仍然相信这点适用。如同很多城市的父母，他们有更多的财力和见识，但生活经验告诉他们，你只有去不断地拼搏，不断地提升自己，才能在这个社会生存下去。他们都没有错，并笃定地坚守着自己认同的法则，相信这就是鸟的翅膀、鱼的鳃，是赖以生存的唯一真理。

"你现在觉得他们爱你吗？连我一个旁观的人都能感受到，他们远远超过我对你的牵挂，如果你是他们你又会怎么做呢？会比他们做得更好吗？可是我真的不要求你去理解他们，他们在乎你，却很少试图去了解你，打着为你好的幌子，野蛮地闯进你的生活。还有很多人，也包括我，当自己遇到无法释怀的事情时，却在不经意间将情绪肆无忌惮地投在了你的身上，这对你来说是不公平的，学会去甄别好和坏，这是你今后的一个课程。

"不用太在意别人说些什么，他们的话并不能决定你是不是一个正常的人，不能决定你未来的方向；对于不喜欢的人保持距离，或者远离；真正的朋友，会像一颗愿意划过你天空的流星，在冗长的人生之夜，你得到一瞬间的灿烂，那对你来说才是重要的部分。对于我们本身而言，我希望用纪伯伦的这首诗作总结：《我曾七次鄙视自己的灵魂》，第一次，当它本可进取时，却故作谦卑；第二次，当它在空虚时，用爱欲来填满；第三次，在困难和容易之间，它选择了容易；第四次，它犯了错，却借由别人也会犯错来宽慰自己；第五次，它自由软弱，却把它认为是生命的坚韧；第六次，当它鄙夷一张丑恶的嘴脸时，却不知道那正是自己面具中的一副；第七次，它厕身于生活的污泥中，虽不甘心，却又畏首畏尾。

"这是不是和你很像，你觉得世界不公平，却没有做一点事情让它变得公平。当不相干的人来伤害你的时候，你却要迁怒于最爱你的人。你不知道该如何去反抗，却觉得只是因为你有孤傲高尚的灵魂。你选择沉沦，因为你相信唯一解决痛苦的方式就是沉沦，你妥协了，只因为当下的妥协是最不费力的方法。你把自己寄希望于老师、同学、父母、陌生的我，并归罪于他们，这没问题，你可以把所有的错都归结于他人，但你要知道，承担结果的只能是你本人，而不是任何人。你看到希望，看到结局，就想一蹴而就，就像没有翅膀的鸟，没有腮腺的鱼。在这种巨大的认知差里，在现实与幻想如此割裂的世界里，你又怎么自处，又怎么与他人相处呢？"

雨开始变小，我们继续前进，"但我想不到该怎么办，我似乎被困在所谓的意义里，我不知道自己为什么想要上大学，但好像一定要这样做才可以。人类是世界上最虚伪的动物，当然也包括我，我本该失望，可却常常为此流泪。我的生活一塌糊涂，我的身体，我的神经，吃了这些药以后，我感觉到我的情绪不是越来越稳定了，而是越来越麻木了。我确实不想哭，也不想吵了，我只觉得，一切都很遥远，我要怎么做呢？我之前很想死，但是不敢，我听人家说死是一件很幸福的事情，我现在又不那么觉得，活着应该是一件很快乐的事，可我也不那么觉得，所以我存在的意义是什么？"

我们走到月季盛开的马路口，在一个还没开门的彩票站门口站住，雨滴从屋檐上低落下来，夏天要走了，但是夏天的蝉还没走。它们钻出土地，留下蝉蜕，去饱饮树汁，去聒噪一番，然后悄然而去。

"人生本来就没有什么意义。人生是体验。有些是被动的，有些是主动的，但都是你很私人的体验。我为什么这么说？你可以想象一下，如果没有你，世界还存在吗？或许我们在宇宙中是连细菌都算不上的微小的个体，但不能否认的是，一旦你不存在了，你的宇宙便随之破灭了。所以你看，整个世界都是你的，你不能支配但却完全拥有它。从你睁开眼睛的那一刻起，体验就开始了。你开始去观察世界，开始去学习语言，从爬行到直立行走，你已经完成了人类需要数亿年才能完成的蜕变。阳光改变你的肤色，风吹动你头发，你听见千奇百怪的声音，那些为你接生的医生和你只有一面之缘，却帮你降临人世，是不是很神奇？

"生是偶然，死是必然，这两件事情怎么会让你产生困扰呢，困扰你的一直都是生死之间的事情。面对那些你无法选择的体验时该怎么做呢？要知道不是每一对父母都是合格的，恰恰相反，因为所经历的人生处境并不相同，有人温情，有人残酷，有人荒谬，有的来去匆匆，给予你爱的，你回馈爱，给予你冷漠的，谁又不准你冷漠以对呢。

"你体验为人子、为人女的身份，你去修复和父母脆弱的关系，你选择可以原谅的去原谅，那也同样是在原谅自己。你在人生懵懂的时候，不知道该何去何从的时候，不妨不要有太多的困惑，先做好当下最重要的事情。你是一个学生，去学习是为了什么？人不是为了考高分而活着，你要体会拥有智慧的过程。知识将世界运行的规则告诉你，恰如一幅地图，当你迷路的时候，为你点亮一盏明灯。

"你为什么要拥有健康的身体，那会使你更轻盈，能让你迈着更大的步子去追寻自己的人生。你躺在沙发上，除了体验发霉的空气，没什么会滋养你，你不能在离开的时候带着一张沙发离去。

"你遇到一个好的老师，这是一种幸运的体验，让你感受到阳光般的爱，可以温暖心灵，这是值得庆祝的事情；你遇到一个不太好的老师，就像此时此刻的天气一样，乌云横亘在心头，这并不全是坏事，因为你总会遇到阴天、晴天，你可以选择撑起一把伞，你可以躲进屋子，你可以等待云雨消散。

"忘了，还有一点就是，你可以尽情体验自己的人生，但一定不要破坏别人的体验，如果有人破坏你的体验，你可以运用你的智慧，可以用法律和规则反击回去，这是被允许的，这也是合理的。你可以去体验爱情，体验心脏加速跳动，千万不要因为害怕失去、被拒绝而放弃行动。假如我明天就死去，我们之间有今天的对话，我觉得这是很有意思的事情，你将不是我的遗憾，我们的人生并不是单纯的告别和重复。就好像咱俩一样，过一阵子你就要回家，而我继续留在这座城市生活，你是不是从我的世界完全消失了呢，我们是不是就因此失去联系了呢，并没有。当我走过这段路的时候，我会想起我们一起晨练之后，在一张小桌子的两边调侃吃饭。

"你所要做的就是去寻找，甚至创造美好。所谓的美好并不是在多遥远的地方，你用心饲养了一只小狗，精心耕种了一块土地，你为了真理而去辩驳，因为勇气而奋不顾身，这些都是。也许有一天你会为人父母，彼时有了新的要守护的生命。当人生遭逢苦难的时候，我们也可以借此而认同自己的人生，而到最后，我们所带走的，将远远多于我们所失去的。生命原本就要走向永恒的黑夜，但是当你的夜空挂满星星的时候，那么孤独、恐惧便不再那么可怕了，不是吗？"

还有一点，我对十一说："你不仅是自己的意义，当你死去那一天，一个独一无二的世界旋即消失了，但你的人生，过往和未来，还在无数与你交汇过的世界存在着，你也成了一颗在夜空中照亮他们的星星，这应该就是意义吧。"

我们继续往回走，好像有什么不一样了，但似乎也没有什么不一样。妹妹一家要回去的晚上，我们做东，请他们一起吃饭。远远地看见他们下了出租车，十一和我一起去楼下迎接他们，他好像没有那么拧巴了。在我旁边，喊了一声老姑、老姑夫，然后引着路，把他们带了上去。妹妹悄悄问小林："吃药管用吗？我怎么觉得十一给我的感觉不一样了呢。""那就是管用吧。"小林和妹妹碰杯，庆祝这难得的相逢。

生日快乐，我的朋友

　　最近嫂子打电话没有那么频繁了，我还不知道怎么回事，小林告诉我因为最近十一隔一段时间就会给家里打个电话，同时她还提醒了我一件事情，就是十一要过生日，他的 16 岁就要到了。不是周末，不好带他出去庆祝，我思考着送他什么礼物，我问他想要什么？他反问我怎么知道他的生日。"世上无难事，只怕有心人。"其实我想说，有一个日夜担忧你的妈妈，我想不知道都不可以。他说："算了，我想要的东西太贵了，你一定不会给我买的。"

　　我说："先不要这么肯定，我之前说过，只要你说出来，并且有合理的用途，在我和你大姑能支配的范围内，我都会答应你的。"

"我想要个笔记本电脑。"他满脸期待地看着我。

"没有问题。"

"真的?""但是我有一个条件,等你考上大学的时候我再买给你。"

"我就知道你有条件限制。"

"你现在上高中二年级,还有一年多的时间就要高考,现在对你来说最重要的事情,就是把这场考试考好,这是现阶段对你来说最大的检验,你为此付出了三年的青春,这是你青春的结果。电脑随时都可以买,但买了电脑你也不太用得上,等你做到自己能做到的,即使考不上大学,我也会买给你。"

"真的?"

"真的。"

"那我还是考上大学吧,要不然也没时间用。你可别骗我。"

"我还不至于为了几千块钱骗你。"

"其他礼物呢?"我又问他。

"我想买一个手办。"

"手办?我记得去年给你的压岁钱也不少,你自己买吧。我虽然不反对,可也不支持你。"

"那不是得花我自己的钱。"他一脸肉疼的模样。

我说:"十一,别说那都是我给你的,你来了这么久也没给我花过一分钱啊。"

"凭什么给你花,不给我买东西,现在还想套我的钱,我不要了,你自己看着买吧。"

我和小林商量着给他买什么,买一个生日蛋糕,再送一个什么样的生日礼物呢?我去搜索了一番,最终选中了一个英雄牌的钢笔,那是我对他的希冀。

嘉树，我忽然觉得人的一生是由重要的事件构成的：出生，实现梦想，生儿育女，有了自己的一所房子，开启一段新的旅程，和爱的人相遇，和爱的事情告别……人的一年是由收获构成的，春日里播种，夏日里耕作，秋日间收获，冬日围着炉火，感受时光的老去，那也是生命的一种滋味，是百年诗中的一行……人的一天是由情绪构成的，今天你感到难过，还是高兴；也许你猜不到，早上遇到的那个讨厌的人，会成为和你纠缠一生的伴侣；那个相识很久的朋友马上就要出征；你眼前的山，不再是昨日的晦涩；你想不到，再不会遇见此刻的晚霞映照着天空；你流的汗，不知道会孕育出什么，也许只是在做一件无用功。

我们坐在灰色的茶几前，十一破天荒地在厨房里忙碌着，我问小林他在干吗？小林说十一记得我想吃他妈妈做的韭菜合子，他买了肉和韭菜，还有面粉，正在里面忙活着呢。"他会做吗？在我的印象里，他可是连烧火都费劲的一个人。"

"下午的时候给咱嫂子打了电话，问怎么和面，怎么包韭菜，还给咱哥打了个电话，问怎么调肉馅。"

"怎么还有肉馅的事情？"

"说是再给你汆个丸子汤。"韭菜合子已经放在了桌子上，有的张着口，有的看上去就很厚，十一正在全神贯注地汆丸子。他在那手忙脚乱，正用手攥着肉馅，我看他手指甲黑黑的，赶忙说："好了哥，你洗手了吗？放着我来吧。"他被锅沿烫了一下，一听我说，赶忙回复道："你来就你来，没洗手，反正是给你做的，我又不吃。"

一会儿，我把汤也端上了桌子。小林给蛋糕插上 16 根蜡烛，请他许下愿望，给嫂子打了电话，我们三个在一旁给他唱生日歌。他睁开闭了很久的眼睛，第一件事就是迫不及待地问我蛋糕多少钱，我说 200 多块钱。他义愤填膺："这么贵啊，真的还不如给我，我的手办就足够了。""那可不一样，买了蛋糕，我和你大姑还能吃呢。"他猛吃起来，嘴里嘟囔着："亏大了，这次。"

吃完蛋糕，我把钢笔送给他："希望这支笔能陪伴你，度过接下来这段艰苦的日子。"晚上的时候，十一又蹑手蹑脚地跑到我的房间，说："我有件事情要跟你说。""什么事？"我问他，"这么神神秘秘的。"

"你这个钢笔多少钱买的？"

"120 块，怎么了？"

"我准备 50 块卖了？你说会有人买吗？"

"你不喜欢吗？干吗要卖？要卖还不如卖给我。"

"我就是要卖给你，要不然就不跟你说了，你给我 50 块，这支笔就归你了。"

"你可真会做生意，不过我还挺开心的，你第一个买家就想到我，没让我受到更多的损失。你买手办差多少钱？"

"还差 30 块钱。"他一脸期待地望着我。"那我就给你 30 块钱，你总不能可着一只羊薅羊毛。"

"成交。"他美滋滋地把钢笔还给我了，我把钱转给了他。

现在我正用这支笔写下我和十一的故事。嘉树，十一的生日过了没多久，我就辞职了。我不想当一个大放厥词的人，连自己都做不到的事情又怎么能轻易地向别人开口呢，我知道未来还有更多的难题在等着我，此时再多一个又有什么关系。在十一出现的这段时光中，我隐隐约约又看到了自己的理想，那颗原本挂在天边昏瞆的星星，不知道从什么时候又开始闪烁着光华，这是命运想要告诫我的——去追寻意义。人的存在，是因为生活就在那里。生活之所以在那里，是因为其中藏着我们存在的意义。我也许很快就会开启一份新的工作，又回到曾经的节奏当中，但何必为此迷茫呢？当我置身在自己想要体验人生的过程当中，一切都将被赋予全新的价值。向着应许之地前行的路，每一步都算数。

十一要走得很突然，他忽然说想回家了。他给弟弟带了爱吃的饼干，还剩下 7 块钱给妹妹买了一小张咕卡，他还记得他们喜欢什么。他又跑来找我借钱，给妈妈和奶奶一人买了一个 10 块钱的手串，他说回家就会还我的钱，他把那些东西精心打包装了起来。他没要求谁去送他，也没说自己办不来。这次他将独自一人跨越相距几百里的城市。曾经的他把人生压缩在有限的空间里，一个沙发，一间没有门的房子，谁也不能闯入；压缩在一所学校，不只是被传授着知识。一个县城的县界，如同孙悟空为唐僧画的圈，象征着安全，在这种安全中，他的视线停留在正在开出城市的公交车上。到今天，反而是我的担心多了一些，我早早起床，把他送到高铁站，给他的手机充上话费，叮嘱他回到家第一时间给我打电话，然后看着他消失在安检口。我继续去公司，还有很多手续需要去处理。下午的时候，我回到空无一人的家。坐在十一曾坐过的沙发，感觉空洞且真实。

我们的故事到这里原本就结束了。未来的他究竟会怎么样，将是一个谜题。但我相信他总会好起来，很抱歉，在这样悠长的夏日，让你听这么一个沉闷的似乎没有结尾的故事，但我相信此时当你信步于阳台，看着窗外，你肯定会发现，巨大的苍穹在你的眼中，你将拥有一切。我起身准备离开的时候，发现在十一的枕头下，残留着几张纸，那是我也不曾了解的他的人生。就请你再抽出一些时间，让我们补全这个故事的上一章吧。

十一的独白

第一页

我常听妈妈说起的那天，是 2007 年，一个猩红色浸满了世界的夏日黄昏。那是她苦难的日子，也是我的。但她并不是总细细描述那些细节，诸如她满头的大汗，暴起的青筋，因为过于用力抓住身边可以抓住的东西而导致的缺角的指甲。她描述中的自己，像一只濒死的肮脏的水鸟，我曾经见过在乡村路边的一棵枯萎的树下，成片的芦苇正在春日刚刚泛起暖意的河水中摇曳着；我只是漫无目的地在田间奔跑，很偶然的，看见那只鸟正在死去，看着面前的干瘪的榆树正抽出新芽；它嘶哑的喉咙已经发不出声音，只能绝望地注视着世界，那时它眼中的彩色逐渐蜕变成黑白。

妈妈总说她一辈子也无法忘记这个日子，她所有的力气都用来喊叫，她的羊水顺着裸露出棉絮的椅子向下流，那些灰尘被裹挟着洒落到马路上，成了浑浊的黏稠的柏油路上的疤痕。车子始终在颠簸中，即使已经到了医院，她依然没有忘记那种颠簸，那种心肝脾胃肺在腹内翻江倒海，那种不受控制的眼泪和不间断的呕吐，她觉得自己是在车上生下了我，她觉得病床依旧是颠簸的，像一艘不平稳的船，随时会被风浪吞没。

那天，起初只会在她认为我犯错，或觉察到我反抗的时候被提起，那时她会忽然停下手头的事，那双手沾满白面、泥土，有时正拿着一根在缝补裤子的针，密密的针脚似乎能修补不知何时撕裂的伤口，紧接着那些欢愉的情绪都倏忽不见了。她的话平静得可怕："你知道吗？十一，为了生下你，我受了多大的痛苦，剖腹产，刀把肚皮划开，血就流了出来。我疼啊，我甚至还没来得及看你一眼……"

听着她的话，我整个胸口不知被谁瞬间用大锤重击了一下，痉挛、窒息，憋得说不出话来。恍然间，那个不知从何时开始出现在我耳中的声音响了起来，"你发现了吧，你的出生，给你的家庭带来了巨大的痛苦，所以，承认吧，你就是他们痛苦的根源。你为什么总不肯承认呢？这一切都是你造成的。"我知道，哪怕我紧紧捂住耳朵，我还是不能阻止它出现在我的脑海，它想告诉我什么？它要告诉我什么？我还没想明白，但我的嘴巴已经不自觉地蠕动了起来，我毫无感情地看着眼前这个女人，"我又没让你们生我，生我，经过我的同意了吗？"

妈妈只比 15 岁的我高半头，我略一抬头就能看见她，她的脸被多年的日光晒得粗糙发黄，时间一分一秒留在她脸上的痕迹都毫无保留地展现给了她的儿子，清晰的沟壑，白一道，黑一道，还有那些斑斑点点的痣，她看上去那么无助又可怜。可我只觉得有什么东西要从喉咙里冒出来，我的双手渗出灼人的汗，甩不开，黏糊糊的。我能感受到自己的世界正被拉扯成一片空白，我侧过身不想看她，却瞧见她身后的一片虚无正蔓延开来。

不知道什么时候才会结束，我的嘴唇发干，心跳加速。听到我的话，她愣了一下，这一瞬间像一个世纪那么遥远："你怎么能说这种话？十一，你怎么能对我这么说？我拼命挣钱，供你吃，供你喝，让你上学，我哪里对不起你？"她的声音颤抖，似乎言语如钉，被慌乱地砸进那副孱弱的身体。可那是我也正在体会的感受吧，我感到心有些刺痛，但只要吐出一个字，我不知道伴随它喷涌而来的会是什么，那些午饭、早饭、水，甚至翻滚的血液，都有可能，我只有沉默，望着她，除了哭泣、离开，或者死亡，我没法解决任何问题。我在想该用哪种方式呢？逃跑吗？可她正在我的前方，好在经过短暂的错愕之后，她走了，我没注意她走得缓慢，每一步都充斥着垂垂暮气，我只知道落在我头顶的那道沉重的阴影不见了，压抑感突然消失，空气一瞬间猛然灌入口中，我被呛得哭了出来，这像不像我降生到这个世界时，透过窗外的尘埃，阳光正照耀在一个皱皱巴巴的孩子身上，所有人都在笑，除了正在被剪断脐带的我。我知道，我的哭声，是我和整个家庭无法扭断的痛苦。

第二页

我知道世界上有另外一个我，是个女孩子，她长得很像妈妈，大大的眼睛，她的嘴角有一颗和妈妈一模一样好看的痣，别人提起她时，总是很惋惜，每到这时，妈妈会变得沉默，那会儿我有两三岁了吧。我长得像我的爸爸，性格也是如此，不爱说话，不擅长表达，我总觉得自己是她的替代品，我因此对自己深恶痛绝，因为我和她一点也不像，即使这样，妈妈，也请你好好爱我好吗？我会很乖，好好听话，我只要你陪在我的身边。

总有人说我长得很帅，我感觉这是对我无情的嘲讽。我远远地跑开，跑到妈妈的怀里，她那时也愿意日夜陪在我的身边，白天帮我赶走恼人的蚊虫，夜里带我坐在院子里，当她在夜晚中凝视我的时候，她抱着怎样的期许呢？她的儿子，会成为一个什么样的人，我想所有的答案，都没预料到会是如今这般。妈妈，我多想忘记，在我被黑夜恫吓的时候，你将我紧紧抱进怀里，你喃喃地诉说着，离开十一，无论你是什么，快离开这里。妈妈，我无数次醒来，无数次都看见了你。妈妈，我多想忘记，你抱着我，在那个低矮的门楼里，你踢跑向我冲来的狗，你为我讲那些我听不懂的家长里短，你让我看向你也不懂的星空，那很美，那晚的星空中漂泊着白云，那一刻便是永恒。

但从弟弟出生的那一刻开始什么都变了，我整日见不到你的踪影。从那以后，我在夜晚再也没有醒来过，一旦想到醒来就会面对无尽的恐惧，我只能躲在被子里，紧闭着双眼，我的身体靠在墙的一侧，那堵厚厚的冰冷的墙，是我新的依靠。我的小车、我的旧衣服、我梦中的保护神，都在一瞬间消失了。有时我忍不住要哭，一个3岁的孩子要哭是一件多简单的事情，他吃到不爱吃的姜、他吃到不爱吃的蒜、他被明晃晃的阳光照到了眼睛、他被一个陌生人盯了好久、他不小心从凳子上摔倒，或者仅仅是他产生一种莫名的情绪，他睁开眼睛的时候身边没有一个人，他还不认识许多字，他还不知道用什么词汇去形容失去、形容孤独。他生病了，却无药可医，他只能哭，像出生时那样，在一个巨大的陌生的环境中感到惊悚，哭声是他的回应，是他的求救。只不过，这求救声被鬼怪吞噬了，声音越来越小，鬼怪却日益成长了起来，"妈妈呢？""你妈妈忙着照顾弟弟，很忙。"奶奶说。后来不止奶奶这样说，"你妈妈很忙。"后来这个孩子自己也说，"你妈妈很忙……"后来有个陌生的声音也在说。

我开始成为一个影子，终日游荡在空旷的房间，仿佛在寻找什么似的。我如此安静，倒是激起了爷爷奶奶的同情心，奶奶经常抱怨妈妈不好，"怎么能把你扔在一边呢。"这不是一个简单的概述，在我们贯通的三间屋子里，似乎有两堵无形的墙壁，妈妈从不肯过来，我经常听到她在那屋看电视的声音。有时我悄悄跑过去，看见弟弟正眯着眼睛，他长得和妈妈像极了，像一个漂亮的瓷娃娃，如今，他正像我曾经一样完全拥有着她。

许是为了补偿我失去的爱，奶奶想抱着我，但是她身上有一股味道，无论沐浴了多少的阳光，也洗不净的味道，我不喜欢闻。我就蜷缩着，抗拒着她的接近，慢慢地，她仍然对我保持着同情，但却也不那么亲近我了。我们祖孙隔着半个世纪，却做着相同的事情，我们静默地看着日子一天天衰老，无论刮风还是下雨，似乎都没有什么关系。

第三页

我该去哪里寻找你？爷爷？在我 3 岁之后的两年里。只有你经常来陪着我，你把我举得很高，我的头差一点就能碰到房顶，我感觉自己在飞翔，可是你去了哪里？那天早上出门的时候你还答应我，会给我带最爱吃的巧克力脆饼。我记得有一次我们去超市，我自作聪明用一块小的跟你换大的，我说："我的这个比较甜，给爷爷吃甜的。"你把那块大的给了我，那成了我们的保留节目。我那时还在等着这个戏码上演，可是等啊，等啊，从白天等到夜晚，也没有等到你的身影，你也要离我远去吗？跟你的孙子爽约。

屋子里乱糟糟的，家里来了很多陌生人，奶奶晕倒了，有人去扶她，妈妈抱着弟弟，她肚子里还有妹妹，我蜷缩在角落，我听见哭声，巨大的哀鸣，让我觉得如此惊奇。爷爷，如果你在这里的话，我想你一定会悄悄告诉我答案。那是你吗？窗户上有一个影子，模模糊糊的，是月光印上去的，还是灯泡印上去的，还是只是飞舞的虫，我似乎听见一声叹息，说："十一，今天不吃巧克力饼了好不好，我们玩捉迷藏。我藏起来，等你来找我，如果别人问起，不要告诉他们我在哪里好不好，这是我们两个之间的秘密。"我点点头，开始用手蒙着眼睛，10、9、8、7、6、5、4、3、2、1……我穿过混乱的人群，没有人看到我，我来到院子，啊，爷爷可真厉害，他藏得无声无息，我找了他整整两天，还是没有他的踪迹。

这时爸爸妈妈给我穿上白色的衣服，戴上白色的帽子，把我带到一个巨大的红褐色的盒子旁边，爸爸让我跪下，我在这天见到了世界上最多的人聚到一起，他们都苦着脸，好像和我在玩一样的游戏，他们都输了吧。

众人哭作一团，只有我觉得很有趣，这么大的人了还像小孩子一样哭个不休，要是爷爷在这里，会不会像爸爸打我一样打他的屁股。老婶婶看着我眯着眼笑，说这孩子没良心，爷爷没了还在那笑。我说爷爷只是藏起来了，我还没找到。一旁的爸爸在我的后背猛地拍了一下，我的眼泪一下子止不住地流了出来……

我在老婶婶的描述中得知了事情的经过，那天是难得的凉爽的天气，忙了一下午的爷爷打发奶奶回家做饭，他自己则继续在地里劳作。去年在爸爸的要求下，他在房子后面又盖了三间房子，让爸爸开了间小饭店，如今小店的生意还算不错。爸爸和妈妈每天都忙里忙外，在这种忙碌中，爷爷觉得生活正变得从容，他看着马上到头的这垧地，他把锄头立在一旁，在手上吐了一口唾沫，他想尽可能帮衬着儿子，还有那个可爱的孙子。借着月光，他要回家了，一会儿还要去买两盒巧克力脆饼。他沿着走了千百遍的道路往回走，过马路的时候，他只听见一阵尖锐的刹车声。有人看到他被撞得很远，很远，离那个近在咫尺的家一瞬间相隔了千万里，他终于还是没回去。

我每次听到婶婶说这件事的时候，我就会想到，爷爷正看着我，他留在了我们约定的路上。

第四页

我对这个世界是无能为力的，我能左右什么呢。奶奶生病了，住了院，婶婶跑来跟我说奶奶不行了。我觉察到一种巨大的恐惧，我害怕听见这种话，后来证实这是她吓唬小孩的一种形式，但我却对她形成了应激反应，每次见到她来家里，我就觉得胸口发闷。

我只想一个人安安静静地待着。终于上了学，我以为可以远离是是非非，但我不知道为什么别人总不肯放过我。我的眼睛越来越像爸爸，向外突出来。有一天我和陈龙吵了起来，我想趴着，他却总在我耳边说话，像个蚊子一样嗡嗡不停，我感觉整个大脑被嘈杂的声音占据了，我捂住耳朵，大声喊道："太吵了，我不要待在这里。"接着我跑出教室，跑回家。这时弟弟也已经交给了奶奶，妈妈整天背着的是妹妹，她顾不上我，我已经习惯了，她把我扔给学校，她跑去跟老师道歉，说孩子给您惹麻烦了。老师说："十一和正常的孩子不太一样，下课了，即使同学们没有找他玩，他也总是捂着耳朵跑出去，嫌太闹了。"妈妈倒觉得没什么，她把一切归结于我还小，治疗的方式就是等孩子长大，我被送回了学校。可却遇到了新的问题，我视作朋友的陈龙，跑到讲台上，大声说："你们看十一的眼睛，像不像一个蛤蟆？"

我们夏天的时候经常一起去钓蛤蟆，在长长的芦苇荡里，浅浅的池塘边上，蛤蟆正成群结队地出现。我们捡来树棍，在一头绑上结实的尼龙绳，在绳子的另一头系上小石子，我们把绳子扔到芦苇荡里，轻轻地晃动手上的棍子，小石子就像虫子一样跳了起来，整个世界都变得安静起来，安静到我能听见自己的呼吸。一只饿了的蛤蟆猛地用舌头把石子卷进嘴巴，我用力一甩，它就飞上高空，跌到我身后的泥土上，趁着它发蒙的工夫，我们把它抓进来，用不了一个小时，我们每个人总能抓上三五只。蛤蟆的眼睛好大，像精灵一样，温顺，无害。我们把蛤蟆拿到狭窄的胡同，用来比谁跳得远；有的则拿回家，放到院子里，想让它们吃干净烦人的蚂蚁和害虫，可是往往第二天，它们就消失不见了。

往往一个夏天的某个午后，它们的歌舞剧就会谢幕，可是蛤蟆的称号却永远烙印在了我的身上。

终于到了 12 岁，我逃离了小学，来到初中，噩梦要结束了吗？没想到这是另一个噩梦的开始。班里组织军训，我不得不参加，踢正步，站军姿，会操表演，长跑，我不知道为什么要做这些事情，就让我安静一会儿不好吗？教官很凶，站在我们面前，我的手脚很不协调，向后转、向前转的时候总做不到位。教官留下我们这一排单练，可是我总学不会，他很生气，留我一个人在那站着，一动也不准动。我感觉眼睛灼热，头脑眩晕，额头的汗从耳边低落，很痒，我想去挠一下，可他正在树荫间看着我，我感觉身体上有无数的蚂蚁在啃咬。我眼前一黑，摇摇晃晃地摔倒了。他走到我身边，让我站起来，可我怎么还站得起来。我在那哭，教官把所有的同学都叫了过来，让他们一起看着我。

晚上放学的时候，我的双腿已经没有力气继续行走，我找了根棍子当拐杖，一瘸一拐地向外走，还没出校门口，就被几个人拦了下来，他们夺走我的棍子，还把我推到，一边打我，一边说："叫你害我们晒太阳，看你这个样子。"庆幸的是一个老师正骑车从这里经过，他三言两语打发了那几个孩子，为首的那个临走时恶狠狠地说："下次走路小心点。"老师扶起我，以为这只是孩子之间的玩笑。我的初中生活开始像一场猫捉老鼠的游戏，我终于鼓足勇气告诉班主任后，却被他说："一个巴掌拍不响，他们为什么只针对你，你还是要好好处理和同学们之间的关系。"人和人是不一样的，一点也不一样，我更像是一个猎物吧。

第五页

我想给家里人拍一张全家福，这也许会是一个好的开始。他们都很忙，不过还是被我叫出来了，拍完就走了，好像忘了叫我。爸爸去饭店做菜，妈妈忙着招呼客人，弟弟着急和朋友出去玩，妹妹是妈妈的跟屁虫，不过被奶奶带走了，我要去哪里呢？

第六页

人始终要接受死亡，死亡并不可怕，只是将意识切断，正如睡觉时，一睁眼到早上的过程。

第七页

有三个我，一个负责保护和思考，一个负责伪装和取乐，而最后一个，负责在不得已的时刻，将我从这个世界解脱出去。

第八页

活着好像也不是那么困难的事情。

第九页

我删除了 Alice，我知道他看了我的聊天记录，我害怕自己出不来，我渴望他能带我出去。那天我去了他的屋子，我想请他带我离开一个枷锁，带我冲破牢笼，可我最终没能开口。这是一种难得的体验，我不必再把一切都埋在心里，我允许自己感受痛苦，也允许自己接受幸福，死是最后才需要聊的话题，还不用那么着急。

第十页

　　我觉得他是一个很奇怪的大人，我愿意相信他，也愿意走近他，当我离他那么近的时候，我没有感受到排斥，也没有感受到厌恶，我会记住这种感觉。我准备回家了，让这种感觉暂时留在我的脑海里。哪怕就只在这个即将结束的夏日。

后　记

在写完这本书的一段时间后，我自己的女儿也降生到了人世，看着那个小小的人，想着她将来要在复杂的社会中生存下去，总免不了内心忐忑，但不久便释然了。人生更多的是"因缘际会"四个字，我所能做的有限，但总结起来不过尽人事听天命。对她最大的期盼也从细碎的庸常中跳脱出来，只希望这孩子能追求真理（智慧将让生命不朽）、明辨是非、坚强勇敢、身体健康、一生平安，能做到这 5 件事，想必她的人生一定不会太平淡。

接触抑郁症患者这个群体真的是很偶然的事情，但那种长夜难明的感觉却也令我有似曾相识的错觉，似乎我的人生也经历过一段不为人知的过往，在这段时间里，郁郁寡欢，难以脱身。不只是因为淋过雨，所以希望他们能有自己的伞。在朋友让我远离负能量，说负能量会减弱一个人的气场时，可我更知道，当我看见这个世界上仍有那么多人难以自处的时候，倘若我逃离了，我将再次坠入深渊，我的良心将受到谴责，我作为人而燃起的火焰将变弱，甚至熄灭。然而我究竟该怎么做呢，我既不是心理医生，更不是什么专家或者学者，我只是一个旁观的看客。

我只好用自己有限的人生作为注脚，为正受到困惑的朋友去做浅显的解读。

1. 接受命运给我的，也要创造属于我的命运。

2. 不迷信他人，亦不迷信自己。

3. 看透事物本质，而不被表现所迷惑。

4. 把未来押注在现在，你今日落脚的土地，就是明日要走的路。

5. 接受平庸，仍坚定走想走的路。

6. 我从没见过完美的人生，但不完美似乎更催人奋进。

7. 世界和你我一样都不够好，但不妨碍大部分的人都爱她。

8. 你是地球唯一的主角，游戏因你存在。

9. 从光明中汲取力量，在黑夜中释放。

10. 生死都是必然的，要考虑如何让自己在这中间感受到快乐。

11. 自省，是对自己的检阅。

12. 学会寻求帮助，向人、向动物、向一切。

13. 去创造没有遗憾的经历。

14. 你值得获得幸福，你可以获得幸福，你将获得幸福。